長編小説

しっぽり濡れ肌

湯屋の美女

〈新装版〉

霧原一輝

竹書房文庫

目次

第一章　番台に座る美女

1

渓流《けいりゅう》沿いを走るローカル電車の車窓から、尾崎周一郎《おざきしゅういちろう》は夕陽が山の稜線《りょうせん》に沈む様子をぼんやりと眺めていた。

まだ青さを残した空と茜《あかね》色に染まる山際の神秘的なグラデーションが、周一郎の心をわずかだが慰《なぐさ》めてくれる。

東京を離れて、もう三週間になる。今夜の宿のあてさえない放浪の旅だった。

ちょっと前まで、周一郎は東京でマッサージ店を経営していた。

最初からマッサージ師になろうとしていたわけではない。大学を中退し、職を転々としていたが、これではいけないと一念発起して、手に職をつけようとマッサージ師養成学校に通い、按摩《あんま》マッサージ指圧師の国家免許を取った。

しばらくマッサージ店で雇われて働き、お得意さんを増やして独立した。

いいことのなかった人生だったが、ツキがまわってきたのかとんとん拍子に物事が運び、三年前、周一郎が四十五歳になったときには、三軒のマッサージ店を持つまでに、成功することとなった。

だが、今年になって運が尽きたのか、マッサージの無資格従業員を使っていた咎《とが》で、当局に摘発《てきはつ》されて罰金を払い、休業に追い込まれた。

周一郎の免許も剝奪され、店は人手に渡り、路頭に迷った。

しばらくして、長年連れ添った妻から離婚を切り出された。妻は店のチーフであったマッサージ師とできていて、彼に乗り換えたのである。

ともに苦労してきた妻だけに、ショックは大きかった。だが、ひとり娘は昨年結婚して家を出ていたし、翼をもがれた自分とこれ以上連れ添ってもいっそう苦労するだけだ。

そう思って、離婚届に印鑑を押して、妻を自分から解放してやった。

じつは、周一郎にも従業員だった若い女マッサージ師の愛人がいたのである。その彼女と持ち家で暮らせばいい、などと都合のいいことを考えていたのだが、その愛人も自分のもとからあっけなく去っていった。

彼女は心の底から自分に惚《ほ》れていたのではなく、マッサージ店の経営者という地位に就《つ》いている周一郎に惹《ひ》かれていたのだ。自分は個人として魅力のない人間であるという烙印《らくいん》を押されたようなものだ。

摘発を受けて休業に追い込まれたことも大きな痛手だったが、それ以上に二人の女に逃げられたことが、周一郎を打ちのめしていた。そして、それまで周一郎に寄ってきた者たちが摘発を受けた途端に、蜘蛛《くも》の子を散らすように自分の周りから去っていったことも。

力のある者に人は寄ってくるが、その者が力を失うと波が引いていくように離れていく……。

そんなことはわかっているつもりだった。だが、実際に自分がそれを体験すると、無常観のようなものに襲われた。

新たに何かをするという気力も湧いてこず、また東京にいるのもいやで、周一郎はふらりと旅に出た。

トランクひとつをキャリーで転がす、着の身着のままのあてのない旅だった。

東京駅で新幹線に飛び乗り、北上した。

北海道の北の最果てまでたどりつき、そこから、南下した。

三週間経過して、周一郎は北関東にある海に接していない県にまでおりてきていた。

長い旅で心身ともに疲れ果てていた。だが、いまだに東京に戻ろうという気にはなれなかった。

茜色の夕陽を反射してキラキラ光る渓流の水面を眼下に眺めているうちに、二両編成の電車は終点のK駅に到着した。

ここを目標にして来たわけではなかった。廃線になりかけたような渓谷鉄道に乗ったらK市に着いた。それだけのことだ。

駅から出ると、四方に山並みがせまっていた。そして、平地になった部分に住居部分が密集していた。観光地や地方都市というわけではないが、市街地はそれなりに発展しているから、ホテルや旅館はありそうだ。

ほっと胸を撫でおろした途端に空腹を感じた。だが、その前に泊まるところだけは確保しておきたい。

駅前通りを歩き、郵便局を過ぎて住宅街に入っていくと、西日に染まる空を背景に一本の高い煙突がそそりたっていた。

(何だろう?)

遠い昔に見た記憶がある。

東京の大学に通っているときに、青空に向かってそびえたち煙を出していた一本の長い筒。最近はとんと見なくなった風景だ。

(銭湯……か?)

ついつい灰色の煙突に向かって、キャリーバッグを転がしていた。

しばらく歩くと、道路に面して古い建物があった。玄関の右側に自動販売機が置かれ、正面には「ゆ」と白い文字で抜かれた紺色のシンプルな暖簾《のれん》がさがり、左側には『鶴《つる》の湯《ゆ》』と書いてある。

周一郎は、一瞬にしてはるか遠い昔に連れていかれた。

「神田川」の歌よろしく、片手に洗面器を抱えてアパートから通った東京の銭湯。そしてまだ幼い頃、実家の風呂が使えないときに、一家で通った地元の銭湯……。

忘れていたものを思い出して、懐かしさに胸が切なくなった。

見あげると、ゆるやかな曲線を描く唐風の破風《はふ》が突き出し、その上には三角の破風を持つ黒い瓦の屋根が載《の》っていた。銭湯にしては随分と造りが立派だった。

無性に入りたくなった。お湯につかりたくなった。

周一郎は空腹も旅館のことも忘れて、何かに魅入られるように暖簾を潜った。

下足箱に靴を入れて木の札の鍵《かぎ》を取り、男湯のほうに入っていくと、昔懐かしい番台があった。最近は銭湯もカウンター形式のところが増えたようだが、ここには番台があった。

雲形の隠し板の向こうに座っている女を見て、ドキッとした。
二十七、八だろうか、ウエーブした髪にこぼれそうな大きな瞳が印象的な清楚《せいそ》な感じの美人が、膝にショールをかけて番台に座っている。トランクを持った周一郎を見て、一瞬あれっという顔をしたが、すぐに柔和な笑みを口許《くちもと》に浮かべた。

銭湯など最近は入ったことがないから、入浴料がわからなかった。

「お幾らですか？」

「四百三十円になります」

女が丁寧に答えた。財布からお金を出しながら、こんな美人が番台に座っていては、男は複雑な心境になるだろうと思った。

「他に要《い》りようのものはありますか？」

お釣りを渡しながら、女が口尻をかるく引きあげた。すると、向かって右側に小さな笑窪《えくぼ》ができた。男を包み込むようなそのやさしげな微笑みに、周一郎はまたまたドキッとする。

「いえ、大丈夫です」

「そのトランク、心配でしょう。お預かりしましょうか？」

「はあ、たいしたものは入っていませんから、平気です」

「そうですか……では、番台から見張っていますね」

「そうしていただけると助かります」

周一郎はあたふたと脱衣所に足を踏み入れる。

傷心の旅をしているせいか、人のやさしさに触れると、胸が熱くなる。しかも、相手は番台に座っている美人である。

女の人を見て、こんなに胸が高鳴ったのはほんとうにひさしぶりだった。

そうなると、だらしなくゆるんだ体を見られるのがいやになり、番台から死角になるところをさがしたが見当たらなかった。木が黒光りする歴史を感じさせる脱衣所で小さな庭もあるようだ。

周一郎は番台から一番離れたところで、早速服を脱ぎはじめる。

番台に背中を向ける形で着衣を脱いでいる間も、番台に座っている彼女の視線が気になって仕方がない。

見ると、三十歳前後の先客がいて、彼は番台のほうを向いて見せつけでもするように服を脱いでいる。筋肉質の体で、立派な男性器をぶらさげているから、きっと番台の彼女に見せたいのだろう。

番台のほうをうかがうと、彼女はうつむいて本を読んでいた。

おそらく、この銭湯の看板娘で長く番台に座っているから、こんなことには慣れっこになっているのだ。

周一郎は脱いだ衣服と下着を木製の箱型ロッカーに入れ、トランクからタオルを取り出して、股間を隠しながら浴室に入っていく。

正面に、青空を背景にした裾《すそ》ひろがりの富士山のペンキ絵が描いてあった。

(ああ、やはり、銭湯の絵は富士山だな)

納得して、カランの前にしゃがむ。どうやら由緒正しき銭湯のようだから、もっと入浴客がいるのかと思ったが、七、八人しかいない。この時間にこの人数では、経営は苦しいだろう。

(やはり、銭湯はもう過去の遺物なんだろうか?)

そんなことを思いながら、股間を洗っていると、

「お父ちゃん、そろそろ出るよ!」

女湯から中年女性の元気のいい声が聞こえて、

「おおぅ、わかった」

湯船につかっていたスキンヘッドの中年男性が立ちあがった。

(ああ、こんなこともあったな)

連れがある場合、銭湯の前で長々と連れを待たせるわけにはいかないから、出る時間を決めるのだが、そうなると時間が気になって仕方がない。だから、どちらかが声をかけるのが一番だ。だが、それをするには勇気がいる。

周一郎の場合、祖母がいっさい他人の目を気にしない人で、一緒に銭湯に行ったとき、女湯から聞こえる「周一郎、出るよ」という掛け声が恥ずかしくてならなかった。

そんな古き良き時代の習慣がここにはまだ残っているのだと思うと、心がほっこりとしてくる。それと同時に、この仕切り壁の向こうには、何人かの女が裸でいるのだなと想像してしまい、年甲斐もなく胸がざわめいた。

まだ女を知らない頃、番台に座って女体を拝みたいと何度思ったことか。おそらく、その願望は銭湯経験のある男性に共通するものだろう。

カランのお湯で体の汗を流し、湯船に飛び込んだ。

タイルに背中をもたせかけて上を見る。吹き抜けで、はるか上方に高窓がついていて、湯気がこもらない設計になっている。

家風呂では絶対に味わえない爽快感に、傷《いた》んでいた気持ちが癒《いや》されていくようだ。

この旅行で何度も温泉につかった。温泉は日常から脱したところにある束《つか》の間《ま》の休息だ。だが、銭湯は温泉にはない庶民的な解放感があって、それが疲れた体の細胞にじわじわとしみこんでくる。

湯船につかっている者が三人、カランの前で体や髪を洗っている者が四人ほど。

各々の家に家風呂があるのが普通のこの時代、銭湯に来るのはよほどの事情があるか、銭湯そのものが好きな人たちだろう。今も客のほとんどが熟年世代である。

「あんた、旅の人かい？」

浴槽につかっていた老人が聞いてきた。

「えっ……そうですが、わかりますか？」

「ああ、わかるよ」

「懐かしかったんで、ついつい入ってしまいました」

「……銭湯はいいね。広いし、家風呂にはない解放感がある。週に何度かはここに来るんだよ。気持ちが清々《せいせい》する」

痩せた老人は、この近くに家族とともに住んでいるのだが、家風呂は狭いし、家族に気をつかってゆっくりとつかれないから、風呂に入った気がしないのだと言った。

「小さい頃からこの『鶴の湯』にお世話になっていたからね」

老人は若い頃、この地方の主要産業であった絹織物の工場に勤めていたらしい。

「あの頃は織物工場の若い女の子たちが、こぞってここに入りにきてね。いや、よかったよ。ここの前で待ち構えていて、これと思った女の子に声をかけてね……」

老人は当時のことを目を細めて語った。

「だけど、ここも危ないらしい。この時代だから、今この商売は難しい。なくなってしまうと困るけどね。ささやかな贅沢を取られてしまう」

「随分と立派な銭湯だけど、やはり、そういう問題がね」

などと話を合わせている間に、湯の温度が高く、空腹のせいもあってか、だんだんのぼせたような状態になってきた。だが、人生の先輩の話を途中で打ち切るわけにも

いかない。我慢して聞いていると、

「いや、悪かったね。初対面の人に長々と話をして。ここはいい町だ。愉《たの》しんで帰りなさい」

老人がようやく立ちあがった。

「いえいえ、楽しかったですよ」

周一郎も体を起こし、湯船から出ようとした。タイル貼りの浴槽の縁《ふち》をまたいだとき、頭がくらっとした。立ちくらみだ。

空腹で長湯をしたので、貧血状態になっているのだ。

（まずい……！）

目眩《めまい》を起こしながらも必死に湯船から出た。動いたのがいけなかったのか、次の瞬間、周一郎は浴室の床にどっと倒れ込んでいた。

2

どのくらいの時間が経過したのか、周一郎は人の気配で目を覚ました。

最初は何がどうなっているのかわからなかった。それでも、浴衣《ゆかた》姿で布団に寝かされている自分を心配そうに覗《のぞ》き込んでいるのが、あの番台に座っていた美女であることに気づいたとき、ようやく事態が呑み込めた。

自分はふらっと入った銭湯で湯あたりして、倒れた。

完全に気を失ったわけではなく意識はあった。救急車を呼ぼうという声を、「大丈夫ですから」と制した覚えがある。

銭湯側としても、救急車を呼ぶのは体裁が良くないと考えたのだろう。だが、周一郎の容態はいっこうに改善を見せず、このまま放っておくわけにはいかないと考えたのか、周一郎は男衆によって銭湯の裏手にある民家に運ばれて、布団に寝かされた。

そこで、溜め込んでいた旅の疲れが一気に出て、爆睡してしまったのである。

「大丈夫ですか？　どこか具合の悪いところはありませんか？」

番台の女が心配そうに声をかけてくる。

「ええ、大丈夫です。すみません。あれから、眠ってしまったんですね。今、何時ですか？」

「九時になるところですね」

ということは、二時間ほども寝たことになる。

「すみません。ご迷惑をかけて……あれから、ずっと付き添ってもらってたんですか？」

周一郎は上体を起こそうとしたが、体に力が入らない。

「やはり、具合が悪いようですね」

「……はあ、いや、たんに腹が減っているだけです、ご心配には及びません」

「えっ……お腹が？」

「ええ。朝、食べたきりでずっと食っていませんから」

彼女が眉をひそめたので、自分は目的のない旅をしている途中で、じつは、今夜泊まる宿も決めていないことを話した。

「それはいけませんね。待っていてください。すぐに食べ物を持ってきますから」

「いえ、そんなことまでしてもらっては申し訳ない。それに、番台のほうも……」

「番台は義姉《あね》に座ってもらっていますから、大丈夫ですよ。それにあなたは、うちの大切なお客さまですから……待っていてくださいね」

女は席を立ち、ものの五分もしないうちに、お膳《ぜん》を持って戻ってきた。

お膳には、魚の煮つけと野菜の煮物、それに美味《おい》しそうな赤だしの味噌汁が載っていた。

周一郎は好意に甘えることにして、胡座《あぐら》をかき、勧められるままにお膳の料理に箸《はし》をつける。赤だしの豆腐とネギの味噌汁が空になった胃にしみわたり、

「ああ、生き返る」

思わず声を出すと、女がプッと噴き出した。

「ゴメンなさい。あんまり美味しそうに召し上がりになるから」

女は口に手をあてて笑いを噛《か》み殺した。

「実際に美味しいですよ」

野菜の煮物を口に運び、また「美味しい」とやると、女がきらきらした瞳を向けて、周一郎が料理を欠食児童のようにかきこむ姿を眩《まぶ》しそうに見ている。

腹が満たされ人心地がつくと、自己紹介さえしていないことに気づいた。

自分は尾崎周一郎といい、少し前まで東京でマッサージ店を経営していたが、今は訳あって店を閉め、あてのない旅に出ていることを告げた。

すると、女も自己紹介をした。鶴本美佳《つるもとみか》といって二十七歳で独身。兄夫婦とともにこの『鶴の湯』を経営している。兄の靖男《やすお》は三十歳で、兄嫁の由布子《ゆうこ》は年上で三十四歳。父親が三年前に亡くなり、それ以来三人で『鶴の湯』を守っているのだという。

「そうですか。それは大変ですね……美佳さんはさしずめ『鶴の湯』の看板娘といったところですね。おきれいだから、あなたが番台に座っていると、男の客が大変でしょう」

言うと、美佳が顔を伏せた。

その羞《は》じらいを含んだ女らしい表情に心がかき乱される。同時に、この女は数えきれない本数の男のシンボルを見てきたのだなと思うと、あさましい性欲が顔をのぞかせる。

こうして見ても、美佳は清純でいながら、二十七歳という年齢にふさわしい女の色気も感じられて、世の男性はこの女を放っておけないのではないかという気がしてくる。

常に伏目がちで、垂れかかるウエーブヘアからのぞく顔はととのっている。ぱっちりとしたこぼれ落ちそうな瞳が印象的で、長い睫毛《まつげ》は瞬《まばた》きするたびに音がしそうだ。小ぶりの口は唇がふっくらとして、口尻がすっと切れあがっている。

ノースリーブの白いブラウスからのぞく肩から二の腕にかけては柔らかでしなやかな曲線に満ち、ブラウスを持ちあげる胸のふくらみは充分に盛りあがっている。

こんないい女を男が放っておくわけはないから、きっと恋人はいるだろう。たとえいなくても、声をかける男は後を絶たないだろう。

お膳の上の料理とご飯をぺろりと平らげると、美佳が言った。

「今夜はうちに泊まっていかれたら、どうですか」

「ありがたいけど、しかし、そこまでしていただいては申し訳ないです」

「でも……今からでは、宿は取れないわ。大丈夫ですよ。うちは今、兄夫婦とわたしの三人で、部屋は余っていますから」

美佳が言うので、周一郎は言葉に甘えることにした。今から旅館さがしをする煩《わずら》わしさもあったが、この段階ですでに少しでもこの女と一緒にいたいという気持ちが芽生えていた。

「明日もゆっくりでいいですからね。だいぶお疲れのようだから、ゆっくりお休みになってください」

美佳はトイレの場所を教えると、お膳を持って部屋を出ていく。

(なんていい女だ。やさしいし親切だし、美人だ)

自己紹介したとはいえ、普通は、こんなどこの馬の骨ともわからない旅人を泊めたりしないだろう。盗みを働いて姿を消すというケースだって考えられるのだから。世知辛《せちがら》い東京ではまずお目にかかれない厚遇を受けて、周一郎は気分がいい。傷心の旅の途中だから、いっそう美佳の親切が身に沁みる。

周一郎は美佳のことを思いながら、布団に横になった。すると、腹が満たされたためか、ものの数分も経たないうちに眠りの底に吸い込まれていった。

3

どのくらいの時間が経ったのか、周一郎は尿意を覚えて目をさました。

部屋を出て、美佳に教えられたトイレを目指して廊下を歩いていく。二階建ての木材をふんだんに使った古い日本家屋だった。

サッシから見える『鶴の湯』はすでに明かりが消えている。銭湯はだいたい十二時に終わる。それから掃除をしたとして、もう一時をまわっていることは確かだ。

家人を起こさないように静かに廊下を歩き、廊下の奥にあるトイレで寝間着がわりの浴衣の前をはだけてじょぼじょぼと小便をする。

トイレを出て、廊下を戻っていくと、

「ああああん……いいの、そこ、いい」

和室から女の喘《あえ》ぎ声が洩れてきた。明らかにセックスの際の声だ。

一瞬、美佳かと思って色めき立った。

だが冷静に考えたら、一緒に住んでいるという兄夫婦の可能性が高い。女の喘ぎも美佳の声とは違ってハスキーで掠《かす》れている。おそらく靖男の嫁の由布子だろう。

興味を惹かれたが、こちらは泊めてもらっている身だ。通り過ぎようとしたところで、また「ああ、そろそろちょうだい」と女の声が洩《も》れてきて、途端に下半身のものがいきりたった。

湯あたりで倒れたものの、腹一杯食べてぐっすり眠り、元気が戻った。そこに、ひさしぶりに女の生々しい喘ぎ声を聞いて、ムスコが力を漲《みなぎ》らせてしまったのだ。

足を止めて聞き耳を立てている間にも、男女のぼそぼそとした話し声や、女の喘ぎが耳に届く。

(二人は今どの段階なのだろう？　由布子さんはどんな女なのだろう？)

見ると、隣室も和室で明かりが完全に消えている。この広い家で、美佳の部屋が兄夫婦のすぐ隣ということはまずあり得ない。ということは、使われていないということだ。

周一郎は後戻りして、隣室の襖《ふすま》に手をかけ、音が立たないように慎重に開けた。なかは暗かったが、隣室の明かりが欄間《らんま》から洩れていて、部屋の様子は見てとれた。ライティングデスクが置いてあり、その前に椅子があった。

その椅子をつかんだところで、

(何をしているんだ、俺は？　泊めてもらっている家で覗きをするなんて最低じゃないか)

自分のしていることがひどく恩知らずなことに思えてきた。

椅子から手を離したところで、

(やはり、やめよう)

「あっ、あっ……ああん」

女の喘ぎ声が欄間を通して洩れてきて、そのあられもない嬌声が周一郎の理性を完全に奪い去った。

ふたたび椅子をつかんで持ちあげ、隣室との境の壁の前にそっと置いた。

座部に足をかけて慎重にあがる。鴨居《かもい》と天井の間には、龍の透《す》かし彫《ぼ》りも鮮やかな欄間が嵌《は》められていて、その隙間から覗くと隣室の様子が目に飛び込んできた。

和室に敷かれた畳の上で、仰向《あおむ》けになった女に男が覆いかぶさって、腰をつかっている。二人とも生まれたままの姿だ。

「あっ、あっ……いいの、そこ」

下の女が男にしがみつき、男は女の媚態に煽《あお》られるように音が立つほど激しく腰を叩きつけている。

「あああぁ……靖男さん、気持ちいい」

女が名前を呼んで、男にしがみついた。太腿《ふともも》がいやらしくM字に開き、シーツを蹴る指が快感そのままに反《そ》り返っている。

(そうか、やはり男が美佳さんの兄の靖男さんか……ということは、彼女が由布子さんだな)

打ちつけられるたびに顎を突きあげて、二の腕にしがみついている。のけぞりかえるその顔は快楽にゆがんでいるが、美人であることはわかる。

三十四歳だと聞いていた女体は色が抜けるように白く、女の丸みを随所にたたえ、男の背中からのぞく乳房もたわわで形がいい。行灯《あんどん》風のライトの明かりにほの白く浮かびあがった乳房が、夫の律動を受けて底のほうから揺れている。

ナマで見る男女のからみは、周一郎が旅先のテレビでたまに見ていたアダルトチャンネルの映像の比ではなかった。

知らず知らずのうちに浴衣の裾を割り、分身を握っていた。不肖《ふしょう》のムスコは自分でも驚くほどにギンとして、熱い鼓動を指に伝えてくる。

「そんなに気持ちいいか？」

靖男が腰を動かしながら、妻の顔を上から覗き込む。

「ええ、いいの。たまらない」

「スケベな女だな、由布子は。新婚の頃は声を出すのも恥ずかしがっていたのに……よし、上になれ」

靖男はいったん結合を外して布団に仰向けになったので、股間からそそりたっているものがいやでも目に入る。女の蜜にまみれた肉柱はそんなに大きいようには見えないが、しかし、ギンと精一杯そそりたっている。

由布子が片足をあげて下腹部をまたいだので、その裸身がほぼ正面に見えた。

枕元に置かれた行灯風ライトに浮かびあがった白い肌は妖《あや》しいほどにぬめ光り、乳房は熟れて落ちかけた果実のようにたわわに実っていた。

周一郎はごくっと生唾《なまつば》を呑んでいた。その音が聞こえやしないかと不安になるほどに大きな音がした。

由布子がこちらを注視すれば、周一郎の顔が欄間越しに見えるかもしれない。そうなったら、終わりだ。そのときは逃げるしかない。

だが、由布子は情事に夢中で、とても周囲を気にする余裕などないようだった。いきりたつ肉棹《にくざお》を、由布子は片手でつかんで、生い茂った恥毛の底に導いた。

それから、ゆっくりと腰を沈ませる。

周一郎からも、いきりたちが恥毛の底にずぶずぶっと姿を消すところがはっきりと見えた。

「くぅぅぅぅ……」

由布子は一瞬上体をのけぞらせると、それから、待ちきれないとでもいうように自分から腰を振りはじめた。

前屈みになり、クリトリスを擦《こす》りつけるように恥肉を下腹部に密着させて、前後に腰を揺する。

すると、靖男が下から手を伸ばして、左右の乳房を揉みはじめた。円錐《えんすい》に近い形に張りつめた乳房を変形するほど荒々しく揉みながら、自分も腰を撥《は》ねあげる。

「うっ……うっ……ぁああん、いい。突いてくる。奥を突いてくる」

由布子は預けた胸を揉みしだかれながら、首から上をのけぞらせて気持ち良さそうに女の声をあげる。

（おおぅ、いやらしすぎるぞ）

躍りあがる肉棹を、周一郎はぎゅっと握りしめた。

四十八年間の人生で、セックスに関しては様々なことを体験してきた。だが、素人の男女のからみをこんなにつぶさに見たことなどない。覗きという行為が、こんなに昂奮《こうふん》するものだとは思わなかった。

火傷《やけど》しそうになるほど熱くなった分身をしごくと、すでに先走りの粘液がにじんでいるのか、ネチッ、ネチャと恥ずかしい音がして、下腹部のむずむず感がぐっと高まった。

由布子の裸身が後ろに反った。膝をひろげて、靖男の開いた足に手を後ろ手に突いて支え、ゆっくりと腰を縦に振りはじめた。

蜜に濡れていきりたった肉の柱が、女の祠《ほこら》にズボッ、ズボッと吸い込まれていく様子が目に飛び込んでくる。

アダルトＤＶＤではよく見る体位だが、これは映像ではなく現実なのだ。

「あああぁ……くくっ……いい。いい……あなた、どうにかなりそう」

という由布子の喘ぎに、靖男の嚙み殺したような呻《うめ》きが混ざる。近くに行ったら、きっと膣粘膜が擦れるいやらしい音まで聞こえるだろう。

自分が一宿一飯の恩を受けている身分であることも忘れて、周一郎は硬直を握ってしごいた。

由布子は自らの上下動でたわわな乳房を豪快に揺らし、足を百八十度近くに開いて、肉のすりこぎ棒からもたらされる悦《よろこ》びを貪《むさぼ》っている。

「おおぅ、由布子、ちょっと待ってくれ」

靖男が手を伸ばして、腰の動きを止めさせた。きっと射精しそうになったのだ。

「ああん、もっと動きたい……いや、いや」

由布子がもどかしそうに腰をよじった。

靖男は三十歳で、由布子は三十四歳だと美佳が言っていた。三十四歳といえば女盛り。靖男は年上の女房の燃え盛る性欲を扱いかねているのかもしれない。

「上になりたいんだ……這《は》ってくれ」

靖男に言われて、由布子は自分から腰をあげて肉棹を抜き取り、布団にゆっくりと四つん這いになった。

こちらに向かって尻を突き出したので、丸々とした雄大な女の尻が目に飛び込んできた。

背後にまわった靖男が一休みしたいのか、すぐには挿入せずに、満月のような尻を撫でまわし、狭間《はざま》の恥肉を指でいじる。すると由布子は、

「ああ、早く……焦《じ》らさないで。欲しいわ。あなたのおチンチンが欲しい」

せがむように、くなくなと腰を横揺れさせた。

「しょうがない女だな。いつから、こんなにインランになった？」

「ああん、あなたがいけないのよ。靖男さんがわたしをこんなにしたんだわ」

「そうか、そうか……かわいいな、お前は」

こちら側からは見えないが、きっと靖男はにやにやしているに違いない。女にこんなことを言われて、うれしくない男などいない。

周一郎の女房も若い頃は似たようなことを閨《ねや》の床で囁いてくれたが、別れる前はたとえ身体を合わせても、ほとんどマグロ状態だった。

靖男は勇んで肉棹を突き入れると、早いピッチで抜き差しをはじめた。

尻を両手でつかみ寄せ、筋肉質の尻を収縮させて、力強く打ち込んでいく。パチン、パチッと肉がぶつかる乾いた音が撥ねて、

「うっ、うあっ……ああ、いい。あたってる。奥にあたってる。くぅぅぅ」

由布子は両腕を伸ばして背中を弓なりに反らし、あらわな声をあげる。

「おおぅ、由布子」

靖男が唸《うな》りながら、調整機能が壊れた機械のように腰を振る。

眼下に見える男と女の火花が散るような肉弾戦に、周一郎の分身もビクン、ビクン

と頭を振った。

血管が浮き出て亀頭冠の傘が開いた肉棹を、周一郎は夢中になって握りしごく。射精前のあの甘く疼《うず》くような快感がじわっとひろがり、ごく自然に二人のクライマックスと合わせようと、しごく速度を調節していた。

パン、パン、パンと打ち込まれて、由布子がその衝撃に耐えかねたように前に突っ伏していく。

腹這いになった由布子にのしかかるようにして、靖男はなおも攻めたてる。シーツを握りしめながらも、由布子が懸命に尻を持ちあげて、深いところに打ち込みを導いているのがわかる。

女の尻の豊かな弾力と、温かな膣の抱擁を、周一郎は自分でも感じているような錯覚に陥《おちい》り、知らず知らずのうちに腰を前後に振っていた。

振りすぎて、椅子から落ちそうになり、あわててバランスを取る。

ふたたび龍の透かし彫りの隙間から覗くと、二人のクライマックスが近づいてきたのが、二人のあらわな声と切羽詰まった動きで感じ取れた。

置いていかれまいとして、周一郎も肉棹をしごく。先走りの液でねちゃつく亀頭部に包皮を打ちつけるようにしごきたてる。

（くおぉぉ……出そうだ）

欄間の向こうでは、靖男の腰づかいが激しさを増していた。

きゅっ、きゅっと尻を引き締めて、連続して叩きつけている。

「ぁあぁぁ、ぁあうぅぅぅ……ダメ、イク。あなた、イクわ。由布子、イッちゃう」

「おおぅ、俺もだ。出すぞ。出すぞ」

「ああ、ちょうだい」

「そうら……」

靖男が駄目押しとばかりに腰を叩きつけたとき、

「イクぅ……やぁああぁぁぁぁぁぁ、はうっ！」

枕を握りしめていた由布子が、上体をのけぞらせた。

ほぼ同時に、周一郎も射精していた。迸《ほとばし》る精液を手のひらで受け止める。

ツーンとした栗の花の匂いがあたりに散って、周一郎は立っていられないほどの絶頂に膝を震わせた。


一刻も早くこの場を去らなければいけないのだが、体はいまだ痺《しび》れている。それに、気を遣《や》った二人は静かに布団に横たわっているから、今動いたら、覗きがばれてしまいそうだ。

精液の栗の花の異臭を感じながらもじっと息を潜めていると、由布子が靖男ににじりよって、胸に顔を預けるように言った。

「よかったわ、すごく」

「ああ、俺もだ。お前、最近ますます感じるようになった。なんかあったのか？」

「なにもないわよ……あなたが強くなったから」

夫婦の閨の会話にこそばゆいものを感じていると、由布子の声が聞こえた。

「ここを売る話だけど、妹さん、まだＯＫしないの？」

「ああ……困ったもんだよ。美佳のやつ、あれでけっこう頑固だからな」

「『鶴の湯』は確かに伝統あるし、潰すのはもったいないと思うわよ。でも、もう銭湯の時代は終わったのよ……せっかくいい話があるんだから、売っちゃいましょうよ。『石黒《いしぐろ》』も高く買うって言ってくれてるんだから。売るなら今のうちだと思うわ。そのお金があれば、ここを出て、新しいところに住めるじゃない。こんな町、早く出たいわ」

「まあ、そうなんだけどな……」

「煮え切らないんだから……ここの主人であるあなたが決断すれば済むことじゃないの。違う？」

「そうなんだけどな」

どうやら、『鶴の湯』をどこかが買収するという話があるようだ。この夫婦、とくに由布子はそれに賛成しているのだが、美佳が強く反対している……そんな構図が見えてきた。

(なるほど、どんなところにも外から見ているだけではわからない事情があるんだな……しかし、この伝統のありそうな銭湯を売るなんてもったいない)

「ねえ、また欲しくなったわ」

由布子が身体をずらし、夫の小さくなったものを口に含むのを見て、周一郎はそっと椅子から降りた。

第二章　三助と熟れ肌女社長

1

翌朝、周一郎は人が言い争うような声で目を覚ました。

布団から体を起こして耳を澄ますと、廊下から美佳の焦ったような声が聞こえる。

「ひとりでは無理です」

「仕方がないだろ。俺は今日一日金策で駆けまわらないといけないし、由布子も用があるとかで昼から外出するんだから」

「お兄ちゃんの件はわかるけど、お義姉《ねえ》さんのほうは困るわ。急に言われたって……ひとりで釜焚《かまた》きと番台をどうやってこなせっていうの？」

「だから……臨時休業すればいいだろ」

「そんな！　ただでさえお客さんが少ないのよ。せっかく楽しみにしていらっしゃるお客さんをがっかりさせたら、もう来てもらえなくなる」

どうやら、今日の『鶴の湯』の働き手が足らないらしい。

（よし、ここは……）

周一郎が寝床から起きて障子を開けると、美佳と靖男がびっくりしたような顔を向けてくる。

「聞くつもりはなかったんですが、聞こえてしまいまして……お困りのようですね。ここは私に手伝わせてください」

「えっ……？　ああ、すみません。内輪の話を聞かせてしまって」

美佳が恐縮したように、周一郎を見た。

「いえ、いいんですよ。ちょうど私も、一宿一飯の恩をどうやったら返せるかって考えていたところですから。お困りのようだから、手伝わせてください。どこまで戦力になるかわからないけど、お金は要りませんから」

二人は顔を見合わせていたが、しばらくして靖男が美佳に言った。

「こんなにおっしゃってくださっているんだから、手伝ってもらったらどうだ？」

「でも……」

美佳はためらっているが、靖男はすでに決めてしまっているようだった。

「じゃあ、お願いします。詳しいことは美佳に聞いてください。いいよな、美佳？」

靖男に言われて、美佳がとまどいながらもうなずいた。それから、不安そうに聞いてくる。

「でも、お体のほうは大丈夫なんですか？」

「はい。腹一杯食べて、一晩ぐっすり寝たら、すっかり元気になりました。まず、何をしましょうか？」

「……その前に朝食を摂《と》ってください。また、お腹がすいて倒れられると困るもの」

最後は冗談めかして言って、美佳は微笑んだ。

笑窪が刻まれたその顔を、周一郎はまるで天使のようだと思った。


午後二時、周一郎と美佳は銭湯の裏手にある釜場《かまば》にいた。

煤《すす》で汚れた使い込まれた釜の扉を開けて、美佳が薪《まき》を放り込んでいる。スリムなデニムパンツを穿いているので、しゃがむとお尻が突き出て、その引き締まってはいるがぷりぷりっとした尻にどうしても視線が向かってしまう。

『鶴の湯』は重油を使ったバーナーと薪の併用で、お湯を沸かしている。重油を使うのが手っとり早いのだが、最近の重油の高騰で今は薪も使っているらしい。

適度な長さに切られた木材が、釜場や裏庭に山積みされていた。知り合いの解体業者が木造建築を解体したときに出る木材を運んできてくれる。業者は廃棄代金を払わなくとも済むし、銭湯側は只同然で薪を手に入れられるというメリットがある。

「家族三人でこれだけの銭湯をやるのも大変でしょう？」

周一郎が言うと、美佳はこちらを向いて、

「うちは月曜休みであとは毎日やっているので、けっこう縛られますね。でも、仕方がないです」

そう言う美佳の顔に黒い煤がついていて、美佳が手袋で頬を拭《ふ》いた。手袋に煤がついていたので、いっそう顔が黒くなった。

周一郎は心のうちで「かわいい！」と叫んでいた。

しばらくして、周一郎はこう訊ねていた。昨夜、兄夫婦の閨で聞いてしまった会話が気になっていたのだ。

「へんなことを聞きますが、ここを売るって話があるんですか？」

「えっ……どうしてそれを？」

「すみません。昨夜、お兄さん夫婦の話が聞こえてしまって」

「そうですか。うちは日本家屋だから、内緒話はできないですね」

美佳は迷っているようだったが、やがて、事情を話しはじめた。

「じつは、この近くに総合レジャーランドを経営している『石黒』という会社があって、そこがうちの買収を進めているんです。『鶴の湯』を買収して、自社でスーパー銭湯にしたいみたいです」

ああ、なるほどと思った。レジャーランドを経営している会社なら、浴場の経営もお手の物に違いない。

「で、美佳さんは反対なさっているとか」

「そんなことまで、お聞きになったんですか？」

「ええ、すみません、ついつい」

「……客観的に見たら、悪い話ではないと思います。でも、父のことがあるし、わたしはどうしても賛成できないんです」

「お父さんのことと言いますと？」

美佳は、他人に聞かせることではないんですが、と前置きしてつづけた。

「うちの父は『石黒』の連中に殺されたようなものなんです……三年前に亡くなったんですが、その前に、レジャーランドKができて。彼らは最初からうちの銭湯を狙っていたようで、うちの悪い評判を流したり、常連さんを脅したりして、それはひどいことをしたんです。暴力団のようなものがバックについているんです」

そこまで一気に言って、美佳は唇を真一文字に結んだ。

「母はその前に亡くなっていて、父はひとりでこの『鶴の湯』を頑張ってやってきたんです。もともと胃潰瘍の持病があったんですけど、度重なる心労で胃癌を発病してしまって……それから半年後に父は逝《い》きました。息を引き取る間際に、『鶴の湯』を絶対に彼らには売らないでくれって頼まれて……だから、わたし……」

美佳が嗚咽《おえつ》しだした。

煤だらけの手袋で顔を隠して肩を震わせる美佳を見ていると、周一郎ももらい泣きしそうになる。

そして、『石黒』に対する憤怒がふつふつと込みあげてきた。同時に、これほどのことをされながら『石黒』にここを売ろうとする兄夫婦への怒りも。

周一郎は自分だって無免許のマッサージ師を雇っていたくらいで、決して正義漢とは言えない。だが、この話はあまりにもひどすぎた。

(この銭湯を悪徳業者から守らなくてはいけない。それが自分の務めだ)

一宿一飯のお礼としてはあまりにも大きすぎる行為だったが、とにかく、周一郎はそう思ったのである。

たぶん、美佳のためになるなら何でもしたい、この女を悲しませたくないという思いが強かったのだろう。裏を返せば、このときすでにそれほど美佳に惚れていたということだ。

周一郎は心に浮かんだ思いを口に出した。

「あの……もし、よかったら、私をここにしばらく置いてくれませんか?」

「えっ……？」

「いえ、お金は要りません。ここで、働きたい」

きっぱりと意志を伝えた。美佳はどうしてと首をひねりながら、周一郎をじっと見ている。

ここは実情を知ってもらわないと美佳も納得しないだろう。そう思って、周一郎は自分の身の上を話した。

少し前まで東京でマッサージ店を経営していたのだが、訳あって店を閉めることになり、女房にも逃げられて旅に出たこと。そして、東京には待っている人もいないから帰る必要もないし、また今のところ帰るつもりもない。時間は余っている。

「だから、私もここで働かせてもらうのは都合がいいんです。賃金はほんとうに要りません。ただ、食事と寝床さえ提供してもらえればいい……あなたには親切にしていただきました。その恩返しをしたい。さっきの話を聞いていて、『鶴の湯』をその業者から守りたいと思った。できるかどうかはわからないけど、とにかく、しばらくここに置かせてください。釜焚きでも掃除でも、お客さんの背中を流す三助《さんすけ》でも何でもやります。お願いします」

深々と頭をさげて、美佳の決断を待った。

しばらくすると、美佳が申し訳なさそうに言った。

「うちは今ほんとうに財政が逼迫《ひっぱく》していて、尾崎さんにお金を払う余裕はないんです。それでも、いいんですか？」

「ええ、もちろん」

「尾崎さんのような方にただ働きしてもらうのは、気が引けます。ほんとうはしてはいけないことです。でも、今うちは困っています。だから、もし尾崎さんがそれでいいというのなら、大歓迎します」

「よかった！」

「ただ、兄夫婦にも相談しないといけませんから、正式な返事はそれからでもかまいませんか？」

「もちろん。では、まず釜焚きから教えてください」

「はい！　うちはさっきも言ったように、重油バーナーと薪の併用をしています。重油バーナーはこれで……」

美佳の説明を聞きながら、周一郎は俄然やる気が湧いてくるのを感じていた。

自分にもようやくするべきことが見つかったのだ。しかも、この天使のような女性の手助けをできるのだ。

周一郎は、重油バーナーの使い方を説明する美佳の横顔をうっとりと眺めていた。

2

それから、『鶴の湯』の新人従業員としての生活がはじまった。

午前八時に起床して朝食を摂り、九時から脱衣所や銭湯まわりの掃除をする。それが終わったら、解体業者が運んできた廃材を電動ノコギリで切って薪を作る。

正午からは昼食を摂り、二時から銭湯の湯を沸かしはじめる。そして、午後四時に暖簾を出して営業がはじまる。

周一郎は残念ながら釜焚きが主な仕事で、番台には座らせてもらえなかった。番台には、美佳と由布子が交替で座る。

十二時に閉めて、その後お客さんが帰ると、カランや浴槽を掃除する。

すべての仕事を終えて床につくのがだいたい午前二時。

実際やってみて思ったことは、想像以上に重労働であるということだ。客は百名来ればいいほうで、昭和四十年頃の最盛期には何百人という客が入っていたというから、斜陽産業と呼ばれても仕方がない。とくにこの銭湯は絹織物関係の女工が多く来て、社交場にもなっていたという。

周一郎が加わることによって、三人の仕事にも余裕ができた。とくに、靖男は釜焚きから解放されて喜んでいるようだった。

その夜、閉店時間の十二時になって、周一郎が脱衣所の整理整頓をしていると、番台に座っている由布子から声がかかった。

女湯に入っている最後の客は、田所眞弓《たどころまゆみ》というのだが、彼女の背中を流してやってくれないかという。

「えっ……いいんですか？」

「いいのよ。眞弓さんの要望だから。彼女、この近くの居酒屋の社長なの。居酒屋『満月《まんげつ》』というチェーン店を県内に持っていて、このへんじゃ有名なのよ。彼女は四十歳で、そこの女社長をしているの。うちの常連さんだから大切にしてほしいわけ。くれぐれも機嫌を損ねないように」

そういうことならばと、周一郎は意気込んだ。三助などしたことはないが、身体を洗うのとマッサージが仕事のはずだから、自分でも何とかできるだろう。

作業をしていたときと同じ、防水性のある短パンに白のランニングシャツを着て、

「失礼します」

と声をかけて、浴室に入っていく。

鯉《こい》の絵柄のタイル絵と鏡のついたカランの前で、四十歳とは思えない若々しい肌艶《はだつや》の女が、洗い台に腰をおろしていた。

横から見える乳房は豊満で中心に朱《あか》い乳首がせりだしていた。肉付きのいいふっくらとした女らしい裸身に目を奪われながらも、平静を装って近づいていく。

眞弓がこちらを振り向いた。

洗い髪を結ったその顔立ちは、日本髪が似合いそうで、おっとりとしたなかにもどこか女経営者としての矜持《きょうじ》が感じられて、その妖艶《ようえん》な貫禄《かんろく》にたじろいだ。

「悪かったわね。あなたが尾崎さんね。マッサージ師の免許を持っているってうかがったから、ちょっと頼もうと思って……いいわよね？」

「はい、もちろん。どんどん使ってやってください」

へりくだって言って、周一郎は早速、背中を流しにかかる。

まずは手のひらで石鹸を泡立てて、それを肩から背中にかけて塗りつけていく。

女の歳は背中に出るというが、まったく衰えを感じさせない肌だった。

色白のきめ細かいもち肌で、柔らかくしなった適度に肉のついた身体が手のひらに吸いついてくる。

背骨から脇へと円を描くようにマッサージしていると、

「胸のほうも」

眞弓は言って、周一郎の手を前に導く。

「よろしいんですか？」

「ええ、いいわ。どうせなら、全身を洗ってほしいもの」

眞弓はあっさりと言う。

周囲を見まわしても、他に客はいない。番台からもここは見えない。

(ええい、求められているのだから)

周一郎はたわわなふくらみを円を描くようにして揉みしだき、徐々に円周を狭めていく。すると、指が乳首に触れて、

「ぁんっ……」

眞弓が敏感に喘いだ。

いっそのこと乳首をくりくりと転がそうかとも思ったが、そこまでしては叱責《しっせき》されるだろうと思い、手をおろしていく。

石鹸を塗り込めるようにして腹部から、内腿へとすべらせる。

すると、眞弓が膝を徐々に開いていくので、最後に周一郎は恥毛の生えたその部分を目にもとまらぬ早業《はやわざ》でさっと撫であげた。

「ぁんっ……!」

またまた眞弓は低く喘いで、ビクッと裸身を震わせる。

感度抜群の肉体である。だが、ここは銭湯の洗い場なのだから、これ以上感じさせても収拾がつかなくなる。

周一郎は自制心を発揮して、垢《あか》すり用のタオルで肩から背中へと擦るようにして垢を落としていく。まったく汚れのない肌なのに、こうすると垢が取れてくるから不思議だ。

周一郎はシャワーを使い、石鹸を洗い落とす。それから、持ち前の技術を発揮して、肩から背中にかけてかるくマッサージする。

随所にツボ押しを入れて、揉んだりさすったりしていると、眞弓が言った。

「さすがプロね。あなたにマッサージしてもらいたくなったわ。あとでうちに来てくれない？」

「はあ、いいですけど、掃除をしてからになるので、遅くなりますよ」

「大丈夫。早く来られるようにわたしのほうで事情を話しておくから。ちゃんと、相場の料金は払うから、いいでしょ？」

そう言われると、周一郎の気持ちも動く。

現実的に懐《ふところ》は寂しくなってきているから、お金は喉から手が出るほどに欲しい。

「では、ＯＫが出たら、そうします」

周一郎が言うと、何を思ったのか、眞弓がいきなり振り返った。

グレープフルーツをふたつ胸につけたような豊満な乳房が、ぶるんと躍って、周一郎の目を釘付けにする。

眞弓の手が伸びたと思ったら、短パンがさげられていた。

恥ずかしいことに、周一郎の分身はいきりたっていた。

「ふふっ、やはりね。短パンの前が突っ張っていたから、こうなってると思った……思ったより立派だわ。太くて、カリが開いてる」

眞弓は一瞬にして品定めをすると、右手で肉棹を握りしめる。

「ちょっと……」

周一郎は思わず番台のほうを見ていた。

「平気よ。見えないから……」

眞弓は顔を寄せて、一気に頬張ってきた。あっと言う間の出来事で、周一郎には拒む余地もなかった。

「おおぅ……」

温かい女の口に包まれて、周一郎は唸っていた。

信じられなかった。銭湯で自分のものを咥《くわ》えられるなど誰が想像できよう。

「まずい。まずいですよ」

どうしても番台が気になって、閉まっている仕切りのガラス戸に目を遣《や》る周一郎だった。

だが、眞弓は委細かまわず唇をすべらせて、分身をしごいてくる。両手を腰に添えて引き寄せながら、口だけでずりゅっ、ずりゅっとしごきたててくる。

理性も吹き飛ぶような強烈な快感が、うねりあがった。

この前、兄夫婦のセックスを盗み見ながら射精して以来、出していなかった。そのためか、溜まっていたものが噴火寸前の溶岩のようにぐつぐつと煮えたぎる。

金玉を持ちあげるように揺さぶられ、揉まれ、蟻《あり》の門渡《とわた》りを指先で強めに刺激されると、早くも射精しそうになった。

「うおお、ダメだ」

訴えると、眞弓はちゅぽっと肉棹を吐き出して、

「いいのよ。呑んであげるから」

まさかのことを、にっこりと微笑んで言う。

ふたたび頬張ってくる。今度は右手で根元を握りしめ、強めにしごきたてながら、浅く咥えて亀頭冠の出っ張りを中心に唇を往復させる。

甘い愉悦《ゆえつ》がどんどん大きくなり、やがて、耐えられなくなった。

「ううおお、出しますよ。出る……うっ」

最後は自分から腰を突き出していた。ドクッ、ドクッと熱い奔流が噴出して、眞弓の喉を打つ。

眞弓は咥えたままそれを受け止めていたが、やがて、噴出が終わると、こくっ、こ

くっと喉を鳴らした。

3

風呂の清掃を免除された周一郎は、眞弓とともに彼女の家にやってきた。『鶴の湯』から歩いて十分の距離にある豪邸である。

広い庭園がある数寄屋《すきや》造りの日本家屋で、玄関に入ると、眞弓が中年の女性とともに周一郎を出迎えた。中年の女性は、住み込みの家政婦だという。

「マッサージを頼んだのよ。十畳の和室に布団を敷いておいてくださる」

眞弓に言われて、お手伝いさんは「かしこまりました、奥様」と廊下を歩いていく。

家はがらんとしていた。もう四十歳なのだから普通なら夫がいるはずだが、その気配はない。独身なのか、それとも夫は外出しているのだろうか？

どうしても気になって、聞いてみた。

「あの……ご主人は？」

「あらっ、聞いていなかった？　うちのはもう亡くなっているのよ。四年前に四十歳であの世に旅立って、それから、わたしが『満月』を受け継いだわけ」

なるほどと思った。いくら優秀であっても、女がひとりで居酒屋のチェーン店を起業するのは難しいだろう。

「でも、その後を継いで立派にやっていらっしゃるんですから、素晴らしいです」

「ふふっ、ありがとう。その分、ストレスが溜まって身体も凝《こ》るのよ」

うなずきながら、周一郎はこうも考えていた。

夫が亡くなって四年。おそらくその間にこれといった男は見つからなかっただろうし、また男に現《うつつ》を抜かしている暇などなかっただろう。それでも、熟れた肉体は男を求めて、ぎりぎりの状態にある。そうでなければ、銭湯でいきなり周一郎の肉棹を咥えたりしないはずだ。さらに、ここで二人切りでマッサージとなると……。

その後を考えると、怖いようなうれしいような微妙な気持ちである。

「奥様、お支度ができました」

お手伝いさんがやってきて、報告をする。

「わかったわ。あなたはもう休んでいいから」

「はい……お休みなさいませ」

感じのいいお手伝いさんが階段をあがっていく。

「行きましょうか」

廊下を歩き、和室に入っていく。床の間つきの和室の中央に、布団が敷いてあった。

眞弓は服を脱いで、あっと言う間に裸になり、白いシーツの敷かれた敷布団にうつ伏せに寝た。

四十路《よそじ》にしてはウエストが引き締まり、尻が持ちあがったむちむちとした女体である。しかもさっき乳房の感触を味わい、フェラチオまでしてもらっているのだから、周一郎の股間のものはたちまち頭をもたげてくる。

いくら眞弓がそれを期待しているとはいえ、これではあまりにもあさましすぎる。

(おさまれ、おさまれ)

心のなかで念仏のように唱えながら、周一郎はバッグから白い布を取り出して、眞弓の尻にかけた。

それから、ハーブエキスの入ったマッサージオイルを取り出して手のひらで温め、眞弓の肩から背中にかけて塗りつけながら、柔らかくマッサージをする。

肌はきめ細かくもっちりとして、指に吸いつくようだ。熟女のもち肌に感心しながらリンパの流れに沿ってさすり、揉み、後頭部にあるツボの天柱《てんちゅう》、風池《ふうち》を指圧し、さらに肩にある肩こりのツボである肩井《けんせい》を親指で押すと、

「あぁ、いい……凝りが取れていくわ」

眞弓が心底気持ち良さそうな声をあげる。

「やはり、肩が凝っているようですね」

「そうでしょ？　気を抜くときがないから。たまにはリラックスしたいわ。すべてを

忘れて」

眞弓の言葉が、セックスへの誘いに聞こえてきてしまう。

しばらくマッサージから遠ざかっていたが、何十年もの間、毎日のように行っていた施術は身についていて、ごく自然に指が動く。

マッサージオイルをひろげながら、肩から腰へとリンパを流し、経路を通す。

背骨の近くにある内臓を活発化させて疲れを取る肝兪《かんゆ》、腎兪《じんゆ》などのツボを押して、さらに仙骨《せんこつ》に手を置いて円を描くようにマッサージをすると、

「ああん、そこ、気持ちいい……ほぐれていく」

眞弓がうっとりとした声を出す。

当て布越しに、左右の尻たぶをこねるように揉むと、熟女の尻のたわわでしなやかな弾力が伝わってくる。

左右から尻を押さえつけながらかるく揺らし、さらには尻たぶの頂点から底にかけての丸みをまわし揉みしているうちに、

「こんなもの邪魔だわ」

眞弓が、尻に置いてあった布を自分で剝《は》いだ。

「いいのよ。じかにやってちょうだい。恥ずかしいなんて思わないから」

こうなるような気がしていたから、驚きはしなかった。

目の前には、ぷりんと格好よく持ちあがった女の尻が小山のように盛りあがっていて、そのあらわなナマ尻がかえってとまどいを呼ぶ。

怖じ気づきそうになる心を鼓舞して、周一郎はオイルを手のひらで温め、それをじかに尻に塗り付けながらマッサージしていく。

手のひら全体を使って、尻の曲線に沿って揉みしだいた。尻は他の部位に較べて多少強く揉んでも大丈夫だ。

尻の表面がたちまちオイルでいやらしくぬめ光ってきた。足のほうから手を伸ばして揉みあげているので、左右の尻たぶがひろがって、その狭間にあるセピア色の窄《すぼ》まりまでもが時々見える。

ドキッとしながらも、手をおろしていき、足首から膝、さらに太腿から付け根へとオイルを塗り伸ばしながら、さすりあげる。

すると、眞弓の尻がぴくっ、ぴくっと震えはじめた。

女性器には触れずにその寸前でストロークをやめているのだが、手で太腿の内側に触れるたびに、その震えが大きくなっていく。

これまでも、時々女性が性感を昂《たかま》らせたような反応を示したことはあったが、だからと言って、性感マッサージになっては始末に負えなくなるので加減してきた。

だが、眞弓は明らかに性的に気持ち良くなることを求めているのだ。

周一郎はもう片方の足も同じようにオイルを塗って、さすりあげる。ついつい邪心が出て、膝裏の敏感な部分を爪を使って柔らかく触ると、

「んっ……！」

眞弓の裸身がビクンと躍った。

今度は内腿に手を添えて、フェザータッチで撫であげていく。女性器に触れる寸前でUターンして、膝のところからまたかるいタッチでさすりあげていく。

「ああうぅ……」

抑えきれない喘ぎとともに、オイルでぬめる臀部《でんぶ》がくくっとせりあがり、太腿の狭間で息づく女の肉唇が目に飛び込んでくる。

「ああん、我慢できない。ねえ、あそこを触って」

眞弓が首をねじって、周一郎を見た。切れ長の目が女の情欲にいやらしく潤んでいる。

「いいんですね？」

「ええ、だって辛抱できないもの。わたしの身体で一番凝っているのは、あそこなのよ」

眞弓の言葉が胸にしみた。

こうなると、周一郎も眞弓の凝っている部分をしっかりと揉みほぐしたくなる。

「では、仰向けになってもらえますか？」

「わかったわ」

眞弓はゆっくりとした動きで身体を回転させて、仰臥《ぎょうが》した。

シーツの上に横たわる裸身は女らしいふくよかさを持ちながらも、悩ましい曲線をたたえ、今が盛りの匂い立つような色香に満ちている。

せっかくの女盛りなのに、未亡人で、つきあっている男がいないのがいかにも惜しい。居酒屋の女社長なのだから、きっとプライドも高いはずだ。自分に似合った男を見つけるのが難しいのだろう。

周一郎はオイルを塗り付けながら、身体の前面をマッサージしていく。いや、すでに愛撫に近かった。

下方に移るにつれて量感が増すふくよかな乳房を周辺から円を描くようにして撫でまわし、じっくりとオイルを塗り込めていく。静脈が透け出るほどに張りつめた乳肌は抜けるように白く、ふくらみの頂《いただき》で朱い乳首がせりだしていた。

そこには触れずに、手をおろしていく。腰骨から脇腹をなぞりあげると、

「ひっ……！」

眞弓は息を呑み、ビクンと震える。

周一郎はそのまま手をすべらせて、恥毛の翳《かげ》りのやや上部の恥骨に手のひらをあて

て、かるく押しながらバイブレーションさせる。

ここは曲骨《きょっこつ》といって、泌尿器の改善のツボであり、また同時に性感のツボでもある。

長方形に揃えられた柔らかな陰毛ごと押しながらバイブレーションさせていると、

「ああ、ジーンとしてくる。あそこが熱くなるわ……ぅうぅん」

眞弓は足を開いて、もっと強くと言わんばかりに下腹部をせりあげる。

性感マッサージなどしたことはないが、どうやら効果は覿面《てきめん》のようだ。

周一郎は股間に屈み込むようにして、右手をVの字に開き、股間のツボを押す。女性器の周囲には、股えくぼ、骨盤端、点心といった左右対称に並んだ性感のツボがある。

そこを指でかるく押し、震わせ、さらにはなぞる。

すると、低い抑えきれない喘ぎが洩れ、もっと触ってほしいとでもいうように足がどんどんひろがっていった。

女の証《あかし》が目に飛び込んでくる。

いかにも具合が良さそうな厚めのふっくらとした女の秘所だった。だが、フリル状に波打つ肉びらはしどけなく開き、赤い内部がのぞき、そこはすでにキラキラとした蜜を滴《したた》らせていた。

「ああ、切ないわ。触って、じかに触ってちょうだい」

眞弓は腰を上下左右に揺すって、ねだってくる。

居酒屋の女社長がプライドを打ち捨てて、触ってとせがんでくる。そのしどけない仕種に、周一郎の股間もテントを張った。

周一郎は陰唇の外側をびらびらに沿って、すーっと撫であげる。ここは盲点になっているのだが、意外に女性は感じるのだ。

「ぁあん、いい……」

眞弓の足が突っ張った。

周一郎はここぞとばかりに畳みかける。陰唇の合わせ目に沿って、フェザータッチで撫であげると、

「はう……!」

眞弓は下腹部をせりあげて、悦びをあらわにする。

合わせ目を上下になぞるうちに、鶏頭《けいとう》の花に似た肉びらが開いて、鮭紅色の内部がぬっと現れた。鮭の切り身のようなそこはしとどに濡れて、明かりを反射しながらも、ぬるぬるしたものをあふれさせる。

周一郎も男である。股間のものが張りつめて、痛いほどだ。

フェラチオしてもらいたくなったが、それを抑えて、クリトリスを攻めた。

包皮をかぶった肉芽を指先でノックするようにかるく叩き、さらには、二本の指を交互に震わせながら刺激を与える。

腰をくなくなさせていた眞弓が我慢できないというように言った。

「ねえ、舐《な》めて。お願い」

そうなると、もう完全にマッサージの領域を超えることになる。だが、周一郎もこらえきれなくなっていた。

腹這いになって顔を寄せると、眞弓が自分から膝を持ちあげる。

周一郎は指で包皮を剝《む》き、飛び出してきたおかめ顔をしたクリトリスを舌で弾《はじ》く。ルビーのように赤く大きめの肉宝石をぺろっ、ぺろっと上下に舐め、次は舌を横揺れさせて刺激を与える。頬張ってかるく吸うと、

「ああぁ、それ……くうぅぅぅ」

眞弓は心底気持ち良さそうな声を放って、シーツを握りしめる。

周一郎は舌でS字を描くように肉芽を舐めたり、吸いあげながら舌をからめたりと持てる限りのテクニックを駆使して、眞弓の性感を高めていく。

眞弓は恥丘を押しつけたり、腰を横揺れさせたりして快感を貪っていたが、ついには、

「指が欲しい。お願い、指を入れて」

と、せがんでくる。

男性器を入れるとなると、後で面倒なことになりそうだが、指ならいいだろう。

そう考えて、周一郎は指を押し込んでいく。中指がぬるっとすべり込み、内部の扁桃腺のようなふくらみがからみついてくる。

「うっ……ぁあぁぁ、いい……動かして」

要望に応えて、かるく抜き差しをする。

中指では物足りないと思い、薬指も加えて、二本の指で内部を撥ねあげるようにして打ちつけると、上部にざらつきを感じた。

粒立った粘膜を擦りあげ、入口から数センチの上部にあるGスポットを押しあげるようにツンツンすると、

「ああん、いやっ……オシッコがしたくなる」

眞弓が腰を逃がそうとする。それを押さえつけて、Gスポットに指をつづけざまに打ちつけると、

「ぁああぁ、ぁああぁ、へんになる……へんになる……くぅ」

もう腰を逃がすことはしないで、眞弓は快感の波を身体に起こし、ぶるぶる震えながら顎をせりあげる。

周一郎の指にはオイルがついている。それ以上にあふれだした愛蜜で指はぬるぬる

だ。

今度は指の位置を変えて、膣の側面を擦ってやる。ここには8の字筋が走っていて、女性が感じるポイントなのである。

周一郎が知る限りでも、Gスポットや子宮口の横のTスポット、それにサイドの8の字筋と、女性器が感じるポイントは多い。

男性器ではそこを的確に攻めることは難しい。だが、指ならできる。指のほうが感じるという女性がけっこういるのは、おそらくそのせいだ。

左側面を指で叩いていると、眞弓の気配が変わった。

「ああ、何？　何？　感じる。気持ちいい……あうぅぅぅ」

眞弓は自分の感じ方に驚いたとでもいうように首を振り、顎を突きあげ、身悶えをする。

4

蜜が小水のようにあふれでて、尻に向かって滴った。

指を抜くと、人差し指と薬指はふやけたようになり、どろっとした蜜がこびりついている。

「ねえ、これが欲しい。あそこがじんじんする。責任を取って」

眞弓が上体を立てて、周一郎の勃起を握った。

あらかじめ予想していたことだった。だが、いくら求められたとはいえ、客を抱いていいのだろうか？

分身は一刻も早く女のなかに入りたがっている。しかし、そこで我に返るだけの理性はまだ持っている。

だが、性感がぎりぎりまで昂っているのか、眞弓はとまどっている周一郎を押し倒し、ズボンをトランクスとともに引きおろす。

トランクスに引っ掛かって飛び出してきた肉の棒は、恥ずかしいほどにいきりたち臍《へそ》に向かって屹立《きつりつ》していた。

それを見た眞弓の表情が崩れた。

「ほら、もうこんなになってるじゃないの。あなただってしたいんでしょ？」

にやっと口許を引きあげて、周一郎の股間に顔を寄せた。

周一郎が使っていたオイルを手のひらに出して、それを肉棹に塗り込みながら両手でちゅるちゅるとしごく。

「うっ……」

周一郎は顎を突きあげて唸っていた。

マッサージオイルはローションほどのぬるぬる感はない。それでも、素手でされるよりは潤滑性があって、両手を揉み合わせるように分身を擦られると、甘い充溢感がひろがってくる。

「こ、こんなこと、逆ですよ。こっちがしなくてはいけないことを……」

思わず言うと、

「いいのよ、気にしないで……あなたのやっぱり大きいわね。太いし、カリが張ってる。昂奮してるのね。血管がこんなに浮き出て」

眞弓は顔を寄せて、表面の筋立った血管を下から、舌でなぞりあげる。

「うおおぉ……」

ぞくぞくっとした戦慄《せんりつ》が肛門から背中にかけて走り抜ける。

巧みな口唇愛撫だった。

眞弓は先のほうを頬張って、なかでねろねろと舌をからませながら、手で皺袋《しわぶくろ》から肛門にかけてあやす。しなやかな手にはオイルがたっぷりついているので、急所の会陰《えいん》部をさすったり、押したりされると、分身に芯が通ったようになり、女の口のなかで躍りあがる。

一瞬、肛門にまで届いた指がくるくると周囲をまわし揉みすると、皺袋に向かって会陰部を這いあがる。その間も、小刻みなストロークで亀頭冠を中心にシュポ、シュポと攻めたてられる。

「ダメだ。そんなにされたら、出てしまう」

窮状を訴えると、眞弓は顔をあげて、またがってきた。

オイルにまみれた肉柱を右手で中心に導き、肉の唇の狭間に押しつける。腰を前後に振るので、あふれでた蜜でぬるっ、ぬるっとすべる。

「ああ、気持ちいい……」

解《ほど》いた黒髪を肩に散らした眞弓は、それだけで愉悦の声をあげる。

それから、慎重に沈み込んできた。

切っ先がぶつっととば口の封を切る感触があって、次に温かなぬくもりが分身を包み込んでくる。

眞弓は亀頭部を招き入れると、あとは腰を微妙に前後左右に振って、膣に肉棹を馴染ませながら腰を落とし、

「うっ……ああぁぁ」

突き当たりまで受け入れて、かるく上体をのけぞらせる。

周一郎ももたらされる快感に唸っていた。

女体のなかに入ったのは、いつ以来だろうか。女房と別れ、若い愛人を抱いたのが最後だから、数カ月ぶりだ。

内部に行くほどに熱くなる女の祠が、まだ何もしていないのにぐにぐにとうごめきながら、分身を適度な圧迫力で包み込んでくる。

（おおぅ、これだ。これがないと、男はやっていけない）

周一郎にとって、女の祠は故郷であり、生きていく活力を与えるパワースポットでもあった。

温かいぬくもりに酔っていると、焦れたのか、眞弓が動きはじめた。

「ああん、怖いわ。ひさしぶりだから」

そう言って、最初は慎重に腰を揺すっていたが、徐々に調子がつかめてきたのか、腰振りが激しくなり、

「感じる。ちゃんと感じるわ……ああん、気持ちいい」

首から上をのけぞらせて、腰をぐいぐいと前後に動かす。

ついには膝を立てて開き、ゆっくりと腰を上下に振りはじめた。前屈みになって、腰をストン、ストンと落とす。

直立した肉棹を肉路でしごかれる快感に唸りながら、周一郎は肘を突いて上体を起こした。

すると、恥毛の底に肉棹が嵌まり込む様子がまともに見えた。

ぬめ光る肉の柱がずぶっ、ずぶっと女の口に呑み込まれていくさまは、まるでおチ

ンチンを牝獣に食われているようだ。

「ああん、たまらない。太いのが割ってくる」

眞弓は調整機能が壊れた機械のように腰を上下動させていたが、やがて、前に突っ伏してきた。

力尽きたのか、周一郎に抱きついて、はあはあと荒い息をこぼす。

自分も攻めたくなって、周一郎は体を斜めにしながら、眞弓の上体の下に潜り込んだ。豊満な乳房に顔を埋めるようにして、乳首に貪りついた。

豊かな肉の層に顔をふさがれながら、突起を舐め転がした。それから、手で絞り出すようにして突起を含み、ちゅーっと吸うと、

「ああぁぅぅ……たまらない。もっと、もっと吸って」

眞弓は弓なりになって、乳房を預けてくる。

周一郎は期待に応えて、しこりきった乳首を舌であやし、強弱をつけて吸う。

それを左右の乳首に交互に行うと、眞弓は、

「切ないわ、切ないの……たまらない」

と、腰を揺すって、抽送《ちゅうそう》をせがんでくる。

周一郎は膝を立てて動きやすくし、乳首を吸いたてながら腰を撥ねあげてやる。ぐいぐいと突きあげると、

「くっ、くっ……やぁあああぁ、あたってる。あたってる」

眞弓は社長とは思えない女そのものの声をあげて、周一郎にしがみついてくる。

(どんな偉い女でも、しょせんは女)

そう思うと、もっと眞弓を悦ばせたくなる。

周一郎は乳房から顔を離し、両手で尻をつかんだ。逃れられないようにして、つづけざまに腰を撥ねあげる。徐々にピッチをあげていく。

硬直がとろとろに蕩《とろ》けた膣を高速で、斜め上方に向かって擦りあげる。

「ああ、これ……いいの。いい……オシッコちびりそう」

女経営者とは思えない言葉を吐いて、眞弓はすごい力で抱きついてくる。

たっぷりと感じさせておいて、周一郎は唇を奪った。

感じすぎて訳がわからなくなっているのか、眞弓は自分から唇を押しつけ、舌をからめてくる。

周一郎も応戦してディープキスを浴びせながら、下から突きあげてやる。

「んんっ……」

顔をしかめながらも、眞弓は決してキスをやめようとしない。

唾液の交換をし、唇を合わせながら、なおも腰をせりあげると、

「ああ、ダメっ」

眞弓は自ら唇を離して、上体を快楽そのままにのけぞらせる。

周一郎も体を起こし、眞弓の腰を手で支えて、後ろに寝かせる。

下半身で交わったまま裸身を後ろに倒した眞弓は、もう止まらないとでもいうように自分から腰をくねらせて、あさましく刺激を求める。

この姿を見ると、周一郎もついついいじめたくなる。これまでの経験から推《お》すと、女性の多くはマゾ的な部分を持っている。たとえ、女社長でもそれは同じだ。

「いやらしく腰をつかって……眞弓さん、普段はきりっとしているけど、いざとなるとスケベになるんですね」

「ああ、言わないで、お願い」

「よし、いやらしい女はこうしてやる」

周一郎は膝を抜いて、女体に覆いかぶさっていく。

むっちりとした足を左右の肩にかけて、ぐいと体重を載せると、眞弓の裸身が腰のところから二つに折れ曲がった。

「あうぅぅ……いやよ、これ」

体勢が苦しいのか、眞弓が哀願するような目を向けてくる。

かまわず、周一郎は両手をシーツに突き、足を伸ばして全体重を切っ先に集めた。

その姿勢で上から打ちおろしていく。

角度がぴったり合って、肉棹が女の祠を深々とうがつのがわかる。

体重をかけたストロークをずんずんと打ち込むと、

「うっ、うわっ……くうぅぅ、これ、深い」

眞弓はずりあがりそうになるのを、周一郎の腕をつかんでこらえ、思い切り顔をのけぞらせる。たわわな乳房がぶるるんと揺れる。

「ああ、ズンズンくる。響いてくる、胃に突き刺さってくるわ」

眞弓はいったん顔を持ちあげて、周一郎を見た。

「そうら、もっと突き刺してやる」

周一郎は腰を大きく使って、打ちおろしていく。

マッサージのために室内の冷房は止めてあるので、額から大粒の汗が滴った。汗が顔面に落ちても、眞弓はそれさえ気にならない様子で、打ち込まれるたびに声をあげ、ほの白い喉元をさらす。

周一郎は上体を起こして、眞弓の足を揃えて伸ばし、胸前に抱えた。

L字に折れ曲がった女体の尻の弾力を感じながら、ぐいぐいと突き刺していく。

「ああ、これもいい……お尻も気持ちいい」

眞弓が両手でシーツを握りしめた。

周一郎は抱えていた足をそのまま横に倒した。眞弓は上半身を斜めにして、下半身を横向きにされた形である。こうすると、膣の側面を突くことになり、また障害物がなくなるから接合は深くなる。

足をつかみ、腰をぐいぐいと突き出すと、硬直がずぶっ、ずぶっと深いところに届き、子宮口の横を突くのがわかる。

「ああ、すごい、すごい……あたってるぅ……ぁあぁ」

眞弓はシーツを持ちあがるほどに握りしめ、口を全開した。

よほど気持ちいいのだろう。おそらく死別した亭主はセックスに淡白で、こういう体位は経験したことがないのだ。

周一郎は上反りした分身で膣のサイドを攻め、次には足をつかんで反対側に倒して、さっきとは違うサイドを擦りあげる。

「いい、いい……すごい、すごい」

眞弓はほとんど悶絶状態で、もたらされる衝撃を驚きながらも嬉々《きき》として受け入れている。

同時に、周一郎も追い詰められていた。

まったりとした肉襞《にくひだ》の多い粘膜の締めつけと、深いところにあるぐにぐにしたふくらみに先端を揉み込まれて、甘い疼きがひろがった。

足を元に戻して、正面からのしかかるようにして腰をつかう。

腕立て伏せの格好で膝を開き、浅瀬から深みにかけて連続して擦りあげる。

すると、眞弓は足をM字に開いて迎え入れたので、切っ先が深みにまで届き、ますます陶酔感が高まる。

「あああぁ、あうぅぅぅ……イキそう」

眞弓はさしせまった声をあげて、周一郎の腕にしがみついてくる。

「おおぅ、私もだ。イキますよ。出しますよ」

「ええ、ちょうだい。イカせて。眞弓をイカせて」

周一郎は右手を眞弓の後頭部にまわし込み、衝撃が逃げないようにして、思い切り腰を叩きつけた。

「いい、いいの……くる。くるわ……イクんだわ。眞弓、イクんだわ」

性を覚えたばかりの女のように、眞弓は力の限りにしがみついてくる。

「そうら、イッていいんですよ」

周一郎は腰を鋭角につかい、切っ先で膣の天井を擦りあげ、その勢いで奥のほうにぶつける。潤みきったふくらみがざわめき、うごめいて、亀頭冠にまとわりついてきた。

「おおぅ、そうら」

射精覚悟で激しく叩きつけた。

「あぁ、イク……くるわ、くる……やぁああああああ、はう！」

家中に響きわたるような絶頂の声をあげて、眞弓はのけぞりかえった。それが気を遣るときの癖なのか、両足を空中に向けてピーンとV字に伸ばし、硬直してから、がくん、がくんと躍りあがる。

眞弓が昇りつめるのを確認して、周一郎も駄目押しの一撃を押し込みながら、しぶかせていた。ぐいと奥まで突き入れたときに爆《は》ぜるという、最高のタイミングの放出だった。


周一郎は狭い布団で仰向けになっていた。

ひさしぶりに女体のなかに出したせいか、下半身だけでなく頭の先まで痺れるような痛切な射精だった。

荒い息がようやくおさまった頃になって、眞弓がにじり寄ってきた。

胸板に顔を載せて、周一郎の体を撫でていたが、やがて言った。

「ねえ、今考えついたんだけど、『鶴の湯』でもマッサージルームを作ったらどうかしら？」

「えっ……マッサージルーム？」

「そう。ただお湯につかるだけでは、もうダメだと思うのね。今流行《はや》りのスーパー銭湯でもだいたいマッサージルームがあって、お湯につかってからマッサージしてもらえるでしょ？」

確かにそうだなと思っていると、眞弓がつづけた。

「『石黒』が『鶴の湯』に買収を持ちかけてるって、知ってる？」

「ええ、そうらしいですね」

「わたしもあそこを潰したくないのよ。それに、『石黒』のやり方が大嫌いなの」

『石黒』が『鶴の湯』を買収してスーパー銭湯にすれば、客も集まるだろうし、そうなれば居酒屋『満月』の客も増えるのではないかと思うのだが、眞弓はよほど腹に据えかねていることがあるのだろう。

「じつは、私があそこに留まっているのも、そういう話を聞いて、『鶴の湯』を守りたいって気持ちもあるんですよ」

「そうなの？　だったら、同志じゃないの。あなたがマッサージをはじめれば、多少は客も集まるでしょうし、お金だって落ちる……やるべきよ。せっかくのあなたの腕がもったいないわよ。やるなら、わたしも協力するわよ」

思いもかけない提案に、周一郎は納得しながらもまだためらっていた。それでも、

「わたしのほうから話してみるから、あなたも協力しなさい。いいわね」

眞弓に強く言われると、いやだとは言えず、

「わかりました。そうします」

と、周一郎は押し切られていた。

第三章　桃色マッサージ嬢

1

入浴客が帰り、周一郎は男湯の浴室を美佳とともに掃除していた。

周一郎は洗い場のタイルにデッキブラシをかけ、美佳はお湯を抜いた浴槽を丹念に掃除している。浴槽の深いところの湯垢《ゆあか》を取ろうと、美佳は極端に前に屈んでいる。

そのためにミニスカートがずりあがって、太腿の後ろ側がかなり際どいところまで見えていた。

濡れてもいいように素足に膝上のミニスカートを穿いているのだろうが、周一郎には目の毒である。見ないようにすればいいのだが、どうしても視線が吸い寄せられてしまう。

美佳の太腿は今の若い女によく見られるスリムすぎる太腿とは違って、肉感がある。

決して太くはないのだが、むちむちと健康的な肉が張りつめている。もう少しでパンティまで覗けてしまいそうである。現に、尻たぶの底をなすぷりんとしたふくらみが少しだけ見えている。

しゃがめば下着まで見えるかもしれない。だが、周一郎はこの銭湯の看板娘に惚れていた。美佳のためなら何でもしたいとまで思っていた。だから、覗いているとこを見つかって軽蔑《けいべつ》されたら困る。

それにしても、この光景は刺激的すぎる。

こちらに向かって無防備に突き出された丸々とした尻は、ミニスカートが張りつめるほどに立派だ。細身だが下半身は発達していて、周一郎の経験から推すと、こういう女はこちらの想像以上に激しいセックスをする。

美佳がそうだとは言い切れないが、それでも、この清楚系の女が閨の床で激しく身悶えをしたらと想像するだけで、股間が突っ張る。

女はよく「わたしの身体が目当てだったのね、失望したわ」などと言って男を失望させるが、男にとってみれば、女に惚れることはすなわちその女を抱きたい、女と下半身で繋がりたいということに他ならない。

周一郎がゴシゴシとデッキブラシでタイルを擦っている間に、美佳は浴槽に入った。内壁を擦りながら、周一郎に向かって言った。

「尾崎さん、マッサージルームの件、眞弓さんから聞きました。兄とも相談したんですが、兄がイケるんじゃないかって……わたしもそう思います。脱衣所を仕切ってマッサージルームを作りますから、やっていただけますか？」

「そうですか……だったら、やらせてもらいます」

「よかった……眞弓さんがおっしゃっていました。尾崎さんのマッサージは絶妙だって。魔法の指だって」

「いやいや、買いかぶりですよ」

そう答えながらも、周一郎は複雑な心境である。

眞弓には最終的には性感マッサージをしてしまった。眞弓が良かったと言っているのはそのことだろう。となると、客に施すのは性感マッサージになるのだろうか？　それで女性の客が悦んでくれて繁盛するのなら、いやだとは思わないのだが。

美佳が内壁の湯垢を取りながら、聞いてきた。

「どうして、店をお閉めになったんですか？」

無資格マッサージ師を使っていたのがばれて、当局に摘発されたから、などとはとても言えなかった。

「私が怠《なま》けていたからですよ。仕事はやはりきちんとしないといけません」

「そうですね。そう思います」

いったん話が途絶えたので、周一郎はどうしても聞きたかったことを思い切って口に出した。

「美佳さん、恋人はいらっしゃらないんですか？」

「……どうして、そんなことをお聞きになるの？」

「いや、美佳さんのようにおきれいで魅力的な方なら、当然、恋人はいるだろうなって」

「……いるような、いないような……」

美佳が曖昧《あいまい》な答え方をした。

「そのことは、いいじゃないですか……早く、終えてしまいましょう」

美佳はそう言って、この話題を打ち切り、いっそう速く手を動かしはじめる。

周一郎には、美佳が恋人の話題には触れてほしくないと考えているように思えた。

「いるような、いないような」というのも、どうとでも取れる微妙な表現だ。

だが、少なくとも、婚約者のような彼氏はいないことがわかり、周一郎はほっとしたようなうれしいような気持ちになった。

男女の脱衣所を組み立て式のパーティションで区切って狭い部屋を作ってもらって、周一郎はマッサージをはじめた。

マッサージ師がひとりしかいないので、時間は短めに二十五分に設定し、料金も二千円にした。最初は希望者がいるのだろうかと半信半疑だったが、格安の料金設定が功を奏したのか、徐々にマッサージ希望者が増え、一週間後には希望者が殺到して、待ってもらったり断ったりするまでになった。

午後四時から十二時まで目一杯に働いて、計十六人の客を取り、収入は四万円。周一郎はその三分の一だけをもらうことにして、あとは銭湯側の収益にまわした。ぎりぎりの営業をつづけていた『鶴の湯』にはこれでもかなり助かったはずだ。

女性客のなかにはどこで評判を聞きつけたのか、性感マッサージを要求する者もいた。

周一郎は求められるままに性感のツボを押し、感じる部位を撫でさすり、女体を活性化させる。

すると、施術を終える頃には女たちは股の間から愛液を滴らせ、頬を上気させてマッサージ室を出ていった。なかには、挿入をせがむ女性もいたが、さすがにそれはできず、指でイカせた。

女たちは枕を口にあてて、声を押し殺し、静かに昇りつめる。

マッサージを終えると喉が渇くのか、その後は必ずといっていいほど、ガラスドアの冷蔵庫からフルーツ牛乳や清涼飲料水を取り出して飲んだから、業者からの仕入れが飛躍的に伸びて、そういう意味でも儲けに貢献したはずだ。

ところが、しばらくすると評判が評判を呼んで、周一郎ひとりでは希望者をさばききれなくなった。入浴客も増えていたから、経営者側としてはこの勢いを削ぎたくなかったのだろう。

「尾崎さんひとりではもうこなせないだろう。もうひとり、マッサージ師を入れたらどうだろう?」

靖男がほくほく顔で提案する。さらに、こうも言ってくる。

「こっちはあてがないし、尾崎さんのほうで誰か見つけてほしいのだけれど……尾崎さんはマッサージ店を経営していたんだから、昔の従業員に声をかけたら来てくれないだろうか」

じつは周一郎も同じことを考えていたのである。このままでは身が持たない。

周一郎はケータイに登録されていた元従業員の電話番号に次々と電話をかけた。できれば、女がよかった。周一郎は女性客を受け持ち、もうひとりには男性客を任せたかった。そうなると、やはり美人の女マッサージ師のほうがいい。

これという女マッサージ師に電話をかけたものの、けんもほろろに断られた。やはり、失敗をした経営者の言葉になど誰も耳を貸さないのだ。

厳しい現実の壁にぶちあたり、もうダメかと思いつつも電話をかけつづけた。十何本目かの電話の際に、手応えがあった。

相手は長谷川桃花《はせがわももか》という二十三歳の若い女マッサージ師である。オッパイの大きいぽっちゃり型のいかにも男好きしそうな女である。だが、彼女はまだ免許を取って間もなく、その腕に確信が持てなかったので、後にまわしていた。事情を話すと、

「やります。やらせてください」

と、桃花は大乗り気である。

聞けば、最近まであるマッサージ店に勤めていたのだが、そこの店長と揉めて辞めたものの、次の働き場所が見つからずに困っていたのだという。

「だけど、すごく忙しいし、そのわりには実入りは少ないぞ。それでいいのか？」

心配になって念を押したが、それでいいと言う。

ならばと早速呼び寄せることにしたところ、桃花は翌日には大きなバッグを抱えてやってきた。

2

ちょうど月曜日で銭湯は休みだった。

名は体《たい》を表すというが、桃花はまさにそれで、桃をふたつ胸につけたような巨乳の

持ち主である。相変わらずぽちゃぽちゃとして頬は赤ん坊のように赤く、肌もつるつるだ。うなじの位置で切り揃えられたボブカットが愛らしい。

周一郎は、桃花を鶴本家の三人に紹介してから、桃花が住むことになっている二階の空き部屋に案内した。

それから、自分の部屋に呼び、和室に布団を敷いて、トランクス一丁で寝ころぶ。現場に出す前に、桃花の技術がどれだけ上達したかを見極めたかったのである。

その旨を告げると、桃花は周一郎に見ないように釘を刺して、着替えをはじめた。衣擦《きぬず》れの音だけが響くなか、周一郎が目を閉じていると、桃花の声が聞こえた。

「着替え終わりました」

桃花は白衣の施術着をつけていたが、その下にスカートを穿いていなかった。それに目を凝らすと、白衣を押しあげた推定Fカップの爆乳の頂に小さな突起がせりだしている。

(もしかして、下着をつけていないのか？)

周一郎の気持ちを察知したのか、

「暑いから、下着も脱いじゃいました。このほうが、集中できるので」

桃花が言い訳がましく言う。そんなはずはないと思ったのだが、

「そ、そうか……暑いからな。じゃあ、桃花ちゃん、頼むよ」

周一郎は顔を伏せて、布団に完全にうつ伏せになった。

「店長を揉むなんて、なんか照れます」

「いいんだよ。余計なことを考えないで」

「はい……お願いいたします」

桃花は礼儀正しく挨拶をして、マッサージオイルを手のひらに出す。ふと下を見ると、座っている桃花の白衣から太腿がのぞき、そのむちむちとした健康的すぎる太腿についつい視線が行ってしまう。

桃花がオイルを塗りながら、マッサージをはじめた。首すじから肩、背中、腰、尻と来て、足に向かう。マッサージの方法は、さするのを基本とした軽擦法《けいさつほう》、揉むのを基本とした揉捏法《じゅうねつほう》、押すのを基本とした圧迫法の三つだが、桃花はそのどれもが合格点だった。手が普通の女より大きくふっくらとしていて具合がいいし、指圧の際のツボを見つけるのも的確だった。

「いかがですか？」

桃花が足裏のツボを押しながら、聞いた。

「ああ、なかなかいいよ。いつの間にこんなに上手《うま》くなったんだ。今のところは合格だ」

「よかった。わたし、彼氏に実験台になってもらって、頑張りましたから」

「そうか……彼氏がいるのか？」

「いえ……彼氏とはもう別れました。わたしが仕事を辞めてお金がなくなったら、さっさと出ていっちゃいました。だから、心機一転したいなって思っていて、店長からのお話、うれしかったです」

要するに、男は桃花のヒモであったわけだ。桃花は男に対して一途《いちず》に尽くすタイプのようだから、男には都合がよかったのだろう。

「すみません。店長、仰向けになってください」

言われるままに、周一郎は仰臥する。

桃花は顔と肩をマッサージしてから、腕に移る。

座った姿勢で周一郎の右手を取り、手首から上腕にかけてさすってリンパを流す。

それから、上腕から手首にかけて、親指を開くようにして腕の筋肉を伸ばす。

桃花は周一郎の右手を引き寄せ、両手で包み込むようにマッサージするので、右手の先が太腿の狭間に触れて、周一郎はドキッとする。

顔を少し右に向けると、ほぼ正座した桃花の膝と圧迫された太腿が見えた。

白衣の下には何もつけていない。その上、少し膝を開いているので、押しつぶされて横にひろがったむちむちの太腿がほぼ付け根までのぞいている。

じっと目を凝らすと、間隔が狭くなった左右の太腿の奥に、何やら黒っぽいものまで見えるではないか。明らかに恥毛である。

このところマッサージで女体に触れる機会の多い周一郎だが、さすがにこれはスルーできなかった。股間のものがむっくりと起きあがり、トランクスを突きあげはじめる。

幸いなことに桃花は気づいていないようで、一生懸命に指をマッサージしている。

「店長、手や指がお疲れのようですね」

「わかるか？」

「ええ……無理もないです。一日二十人近く揉んだら、体が持ちませんよ。桃花が来られて、よかったわ」

と、かわいいことを言う。

桃花は右手の次は左手を揉んでくれる。

周一郎はいけないと思いながらも、太腿の奥をちらちらと盗み見る。膝が比較的閉じているときは、左右の太腿の肉が接触していて視界を遮《さえぎ》られる。だが、膝が開くと、黒い繊毛が流れ込む局部が目に飛び込んでくる。

(鎮《しず》まれ、鎮まれ！)

不肖のムスコを戒《いまし》めたものの、それはギンと突っ張ってテントを張る。

この変化は桃花にもわかっているはずだが、それを指摘してはいけないという気持ちがあるのだろう、桃花は意識的にそこを見ないようにしている。

やがて、桃花は腕から腹部に移り、さすって経路を通し、鼠蹊《そけい》部に沿ってさすってリンパを流す。それから、生殖器の働きをよくするツボである、恥骨の上方にある関《かん》元《げん》や、そのすぐ下にある中極《ちゅうきょく》を的確に指圧する。

ジーンとした熱さとともに性器に血液が流れ込み、ますます勃起してくるのがわかる。

それを見て見ぬふりをして、桃花は足のマッサージに移った。

内腿を付け根に向かってさすられ、太腿を両手で包み込むようにして経路に沿って付け根へと指圧されると、周一郎の股間は恥ずかしいほどにいきりたってしまった。

ここまで来て触れないのはかえって不自然だとでも思ったのか、

「店長、あそこがすごいことになっていますよ」

桃花が今初めてそれを発見したように言う。

「ああ、ゴメン。こんなはずじゃなかったんだが……」

「店長がこんなに元気になられたってことは、桃花は合格っていうことですか？」

「ああ、そうだな。想像以上に上手くなっている。合格だ。明日から、早速はじめてくれ」

「ふふっ、よかった。店長に合格点をいただいて」

相好《そうごう》を崩した桃花の右手が、次の瞬間、トランクスの横の隙間から下腹部にすべり込んできた。

「うっ……おい？」

「店長の、こんなになって可哀相《かわいそう》。桃花が楽にしてあげますね」

桃花はかわいく微笑んで、猛《たけ》りたつ肉柱を握りしめた。軽擦法で上下にさすりながら、その効果をはかるかのように周一郎を見おろす。

桃花の手にはラベンダーの香りがするオイルがついているせいで、ストロークがなめらかだ。たちまち羽化登仙《うかとうせん》の境地に押しあげられそうになるのをこらえて、

「桃花ちゃん、まずいよ、これは」

トランクスの上から、桃花の手をつかんでいた。

「どうしてですか？　店長は離婚されておひとりでしょ。桃花も恋人いないから、問題ないですよ。それに……こんな地方の銭湯で孤軍奮闘していらっしゃる店長を見たら、なんか胸がジーンときちゃって……今日だけは桃花に身をゆだねてください」

そう言われると、たしかに拒む理由などないが、しかし……。

一瞬、美佳の天使のような顔が脳裏をよぎった。だが、包皮を亀頭冠にぶつけるようにねちゃ、ねちゃと擦られると、快感がひろがってきて美佳の顔が薄れていく。

トランクスが波打って、桃花の手の動きがわかる。

桃花は右手で縦にストロークしながら、左手で内腿を撫でさする。途中にある足五里《あしごり》という性感のツボを柔らかく押してくるので、血液が硬直に流れ込み、ますますいきりたってきた。

「気持ちいいですか？」

「ああ、まあな」

「よかった」

そう答える桃花は上体を屈めているので、白衣のゆるんだ襟《えり》元から胸のふくらみがのぞいていた。ほんのりと赤らんだ乳房はたわわで、その姿勢のためか下垂していて、いっそうボリュームが強調されている。

「脱がしますよ」

一応断って、桃花はトランクスをつかんで一気に引きおろす。

ぶるんと転げ出た肉柱はあさましいほどにいきりたち、臍に向かって背伸びしていた。

「すごい。オッきい！」

「そうでもないだろう」

「ううん、元彼より断然大きい」

そう言われると、たとえお世辞だとしても悪い気はしない。

桃花は舌なめずりでもするように勃起を見つめた。それから、皺袋から先端にかけて、その大きさや硬度を確かめるようにやわやわと触るので、分身が頭を振る。

「やだ！　今、ビクンって……元気ね、きみは」

桃花は瞳を輝かせて、擬人法で周一郎のムスコに語りかけた。

陰嚢《いんのう》を指であやしながら、包皮を亀頭冠にぶつけるように上下にストロークしていたが、しばらくして、周一郎の足の間にしゃがんだ。

「店長、足を自分で持ちあげておいていただけますか？」

「えっ……いやだよ」

「大丈夫ですよ。恥ずかしくないですよ」

「そうか？」

周一郎は両手を膝の裏に添えて、自分の足を持ちあげていく。

不思議な魅力のある子だ。少女のような顔つきなのに、どこか母のようなやさしさを持っていて、思わず従ってしまう。経験を積めば、その包容力を活かして、将来マッサージ店の一軒くらいは持てるのではないかと思った。

「いい子ですね、きみは」

子供を相手にしているように勃起に語りかけて、桃花は股間に顔を寄せた。

いきりたつ肉柱の裏筋に沿って、ツーッと舌をおろし、下から今度はなぞりあげてくる。

「うっ……」

かるいタッチで舐めあげられて、周一郎は唸っていた。

うれしそうな顔をして、桃花は皺袋に舌を伸ばす。裏を見せる肉柱の付け根から袋にかけて、ちろちろと舌を躍らせた。それから、舌をまわすようにして、むさ苦しい陰毛の生えた鶏の皮のような皺袋を大胆に舐めまわす。

どうやらセックス経験は豊富のようだ。おそらく、元彼にもこうして奉仕していたのだろう。

桃花が袋を頬張ってきた。なかなかのテクニックである。

口に含んだ金玉を飴玉《あめだま》でもしゃぶるように転がし、時々、チューッと吸う。

(おおっ……きみのようなかわいい子がこんなことまでしなくていい)

口に出かかった言葉を呑み込んだ。

桃花の舌技は止まらない。皺袋をべとべとになるまで舐めまわすと、顔を股間に突っ込むようにして、肛門へと至る道に舌を打ちつける。

男の急所である蟻の門渡りを丹念にあやされると、周一郎の分身は中心に杭を打ち込まれたようにますますギンとしてくる。

すかさず桃花は硬直を握りしめ、きゅっ、きゅっとしごく。会陰部を舐められて、本体を力強くしごかれると、男の欲望が充溢してたまらなくなった。

「桃花、そこはもういい。本体を……」

思わず、せがんでいた。

すると、桃花はうれしそうに微笑み、本体を上から頬張った。

一気に根元まで咥え込み、恥毛に唇が接した状態でしばらくじっとしている。その間にも、喉の粘膜が亀頭冠にぐにぐにとまとわりつく。

それから、ゆっくりと唇を引きあげていき、ちゅぽっと吐き出した。

右手で肉棹をしごきながら、その効果を推し量るように周一郎を見ていたが、また顔を伏せて、今度は亀頭冠の周囲に舌を走らせる。

ぐるっと舐めまわして、そのまま亀頭部へと舌を這わせる。

尿道口を指で開き、金魚の口のような内部にまで舌先を押し込んできた。

「ううう……」

尿道口に異物を突っ込まれるような違和感に、周一郎は呻く。

だが、その間も、皺袋を持ちあげるようにマッサージしてくるので、快感はどんどんふくらんでいく。

桃花はいったん肉棹を吐き出すと、白衣のボタンを外して脱いだ。

マッサージオイルを乳房に塗りはじめた。巨乳が手のひらのなかで弾《はず》み、静脈の透け出る乳肌が見る間にぬめ光る。

「おい、何をするつもりだ？」

「ふふっ、いいこと」

桃花は微笑み、肉棹を揉み込むようにして両手でオイルを塗り込める。それから、這うようにして胸を寄せてきた。

下垂した乳房のふっくらとしたふくらみに、いきりたつ肉柱が包み込まれる。パイズリだった。まさか、桃花がここまでしてくれるとは思っていなかった。

水風船のような乳房を、桃花は両側から手で押しながら、交互に揺り動かす。たぷん、たぷんと水風船のように揺れる乳房が気持ちいい。

以前にパイズリは経験したことがあったが、こんな巨乳の女にされるのは初めてだ。しかも、オイルですべるので、快感はぐっと増す。

「気持ちいいですか？」

「ああ、気持ちがいいよ」

「よかった……」

満足そうに微笑んで、桃花はまた乳房を押しつけてくる。

やり方が慣れていた。おそらく、別れた彼にもしてあげたのだろう。たぶん、男を悦ばせるのが好きなのだ。

職を失ったからと言ってこんないい子と別れるとは、元彼は男として失格だ。

周一郎が肘を突いて上体を起こすと、肌色の球体に肉棹が溺れかけているのが見えた。

桃花は乳の袋をぎゅっと真ん中に寄せ、自分の乳房を両手でマッサージするように揉んでいる。すると、ピンクの乳首までもが肉柱に触れて、それが気持ちいいのか、

「うっ……あっ……」

と、声を押し殺す。

柔らかくぬるっとした乳肌が亀頭冠のくびれにも入り込み、まとわりついてくる。

そのとき、桃花が首を深く折って、乳房から突き出した肉柱の頭を舐めてきた。

「うっ……おおぅ、気持ちいいぞ」

思わず吼《ほ》えると、桃花は今度は頬張ってきた。

といっても、深くは咥えられない。かろうじて亀頭冠のくびれまで口におさめ、なかで舌をからませてくる。

さらに、かるくストロークされると、周一郎もこらえきれなくなった。

明日から一緒に働く従業員と一線を越えるのはほんとうはまずい。だが、桃花が求めてきたのだ。桃花も彼氏と別れてきっと溜まっているのだ。これは、桃花のためでもある。

そう自分の欲望を正当化する。

「ありがとう。尻を向けてまたがってくれ」

桃花は肉棹を頬張ったまま尻をこちらに向けて、器用にまたがってくる。肉付きのいい尻がせまってきた。ウエストが適度に締まり、そこから突き出した尻も乳房と同様にスケールが大きい。

大きく張り出した尻たぶを両手で撫でまわし、双臀《そうでん》をひろげると、桃花は肉棹を吐き出して、

「ああ、店長、いやっ……あまり見ないで。恥ずかしいわ」

くなっと腰をよじる。

今の若い子は羞恥心など持っていないのかと思っていたが、そうではなさそうだ。そのことに好感を抱きながら、尻たぶを押し広げる。

小ぶりの雌花がうっすらと芯をのぞかせていた。色も形もまだ若い。ピンクに近い肉びらを指でかきわけると、珊瑚《さんご》色の内部がぬっと姿を現した。入り組んだ肉襞の上部で、蜜をたたえた祠がひくひくと震えている。

周一郎は舌を尖《とが》らせて、そこにねじこんだ。酸味の効いたヨーグルトのテイストを味わいながら、舌を出し入れると、

「あああぁ、店長……ダメ。それ、ダメです……ぅううぅ」

言葉とは裏腹に、桃花はもっと奥にと言わんばかりに、尻を押しつけてくる。

「ほら、咥えなさい」

いったん顔を離して言うと、桃花は肉棹を頬張ってくる。

湧きあがった愉悦をぶつけるように、激しく唇をすべらせてしごきたててくる。

「おおぅ、上手いぞ。その調子だ」

周一郎は年上の男らしく褒めて、今度は指をつかう。

濡れ溝に二本の指をすべり込ませ、腹側にあるGスポットを叩くように刺激する。

さらには、指を伸ばして、子宮口付近にある性感帯をぐにぐにとこねてやる。

「ううぅぅ……ぅううぐぐ……」

桃花はストロークすることもできなくなって、ただ肉柱を咥えている。思い出したように舌をからめ、かるく上下にすべらせる。

それでも、また周一郎がGスポットをノックすると、何もできなくなってただただ頬張るだけになった。

二本指で抜き差しをすると、とろっとした蜜がすくいだされて、薄い恥毛を濡らした。愛液の量は多く、まるで小水を漏《も》らしたようで、周一郎の手指もすぐにべとべとになった。

3

桃花がちゅるっと肉棹を吐き出した。

「ああ、欲しい。店長、これを桃花のなかに入れてください」

おねだりしながら、肉棹をしごきたてる。

「よし、自分で入れなさい」

ぽんと尻を叩くと、桃花はそのまま移動して、後ろ向きで周一郎の股間にまたがった。右手で肉棹を支え導いて、慎重に腰を沈めてくる。

「うっ……ダメ。大きすぎて入らないわ」

尻をくなくなと揺すって、硬直に裂唇の狭間をなじませた。それから、左手の指で陰唇をひろげ、そこに切っ先をあててゆっくりと腰を落とした。

今度は上手くいった。分身が狭い肉路をこじ開けて嵌まり込んでいく。

「うあっ……」

途中まで迎え入れて、腰の動きを止め、桃花はつらそうに呻いた。

しばらくその状態でいたが、やがて、一気に沈み込んできた。亀頭部が窮屈なところに道をつけていく感触があって、

「あああぁ……オッきい！　くうぅぅ」

桃花は奥まで呑み込んで、背中をかるくのけぞらせる。

周一郎もじっとして、もたらされる感触を味わう。眞弓と較べると、内部の温度は低い。だが、ずっと窮屈だ。

きつきつの肉路がまるで怯《おび》えたように波打って、砲身の何箇所かをぎゅうぎゅうと締めつけてくる。

「動いてごらん」

言うと、桃花はおずおずと腰を前後に振りはじめた。

最初はおそるおそるやっていたのに、次第に馴染んできたのか、少しずつ腰の振幅が大きくなった。ついには上下運動も交えて、腰を打ち据えてくる。

前屈みになっているせいで、おぞましい肉棹が蜜を弾きながら、小さな割れ目に嵌まり込んでいくさまがはっきりと見える。そればかりではなく、腰をあげると、尻たぶの狭間で息づく可憐なアナルまであらわになった。

「ああん、いや、いや……店長、恥ずかしいわ。桃花、恥ずかしい」

羞恥の声をこぼしながらも、桃花の腰振りは止まらない。むしろ、徐々に激しくなっていき、接合部分とともに上方のセピア色の窄まりまでもがはっきりとわかる。

周一郎も協力して、腰に手を添えて動きを助けた。すると、反動がついてますます動きが大きくなり、ついには肉棹が抜けてしまった。

「ああ、いやっ……」

桃花はとっさに自分で肉棹を導いて、腰を落とす。

そんな様子を見ていると、周一郎も大いに昂奮した。腹筋運動の要領で上体を起こして、背後から乳房を揉みしだいた。

小玉スイカをふたつつけたような巨乳が、手のひらのなかで柔らかく姿を変えて、まったりとまとわりついてくる。

揉んでも揉んでも底を見せない巨乳に苛立《いらだ》ちさえ感じながら、周一郎は乳首をつまんでくりくりとこねる。さらには、二本の指でサイドを揉みまわしながら、他の指で乳頭のトップをさすってやると、

「ああ、いいんです。それ、いいんです……あうぅぅぅ」

桃花は乳首をいじられながら、たまらないといったふうに腰を揺らめかせる。

周一郎はいったん上体を寝床につけて、桃花に前を向くように言う。

太棹を体内に咥え込んだ肉柱を中心軸にして、桃花はおずおずと回転する。横向きになり、そこからまたまわり、ついには正面を向いた。

思わず拝みたくなるような巨乳がこちらに向かってせりだしている。乳房に較べて乳暈《にゅううん》や乳首は小さく、初々《ういうい》しいほどのピンクだ。

周一郎は寝そべったまま両手を伸ばして、乳房を揉んだ。すると、桃花は胸を預けるようにして腰を振りはじめる。

ウエストから下を何かに憑《つ》かれたように前後に揺すり、やがて、狂ったようにグラインドさせる。

周一郎はたっぷりとした乳房を荒々しく揉みながら、桃花の動きに合わせて腰を撥ねあげてやる。

「うっ……うっ……」

桃花は周一郎の腹の上で躍りあがりながら、首から上をのけぞらせて、悦びを受け止めている。

赤子のようにすべすべした汚《けが》れない肌をピンクに染め、男に翻弄《ほんろう》されながらも高まっていく。

オッパイを吸いたくなって、周一郎は上体を起こして、目の前のたわわすぎる肉の塊《かたまり》に貪りついた。オイルまみれの乳房をにゅるにゅると揉みながら、小さな乳首を吸うと、

「あああぁぁ……いい。いいんです」

桃花は胸を預けながら、我慢できないというように腰を揺する。

大きすぎる乳房は感度が鈍いと、これまでの体験から思っていたが、桃花はそうで

はないようだった。

精一杯せりだした突起を舌で上下左右に転がした。舌で乳首を押さえ込むようにして上方に向かってピンと撥ねると、いったん上を向いた乳首が元の位置に戻って、

「はんっ……！」

桃花は気持ち良さそうに喘いだ。

「これがいいんだね？」

「はい……どうやったんですか？」

ご要望に応じて周一郎が、乳首をピンと撥ねてやると、桃花は唸るような生々しい声をあげ、それをつづけるうちに、裸身がぶるぶると震えはじめた。

「ああ、それダメです……ダメ、ダメ、はうぅぅんん」

桃花は肩にしがみつきながらも、悦びに身悶えをして切羽詰まった表情を見せる。

こうなると、周一郎もとどめを刺したくなる。

いったん接合を外して、桃花を仰向けに寝かせ、正面から押し入った。

乳首が感じるのだからと、背中を曲げて乳房に顔を寄せる。この姿勢は深くは打ち込めないが、その分、乳首と膣の二箇所を攻めることができる。

痛ましいほどに尖りきった桜色の突起を舐め、口に含み、リズミカルに吸う。さっきのやり方を思い出して、乳首を撥ねあげながら、かるく腰を律動させ、切っ先で浅

瀬をうがつ。

「ぁあん、店長、これ気持ちいい！」

「……出ていった彼氏はこうしてくれなかったか？」

「はい……初めて。これ、初めて……ああん、切ないほどに気持ちがいいよ」

周一郎は左右の乳首に舌の愛撫を加え、顔を離した。

今度は巨乳を揉みしだきながら、強くストロークを浴びせる。窮屈な肉路が抜き差しされるものを痙攣《けいれん》するようにくいしめてきて、周一郎も急激に追い詰められた。

桃花に足を伸ばさせ、女の太腿を左右から包み込むようにして、自分も足を伸ばす。その姿勢で、時計回りに腰をぶんまわす。

すると、圧迫されていっそう狭くなった肉道を、硬直がぐいん、ぐいんと掻《か》きまわしていくのがわかった。

「ああん、すごい……ぐりぐりしてくるぅ」

桃花が両手でシーツを鷲《わし》づかんで、首から上をのけぞらせた。同時に自分も腰をグラインドさせて、刺激を高めようとする。

こんなかわいい子があからさまに迎合運動をすることに驚きながらも、周一郎もそれに応えようとして、今度は反対に腰をまわす。だが、なかなか上手くいかない。どうやら男にも得意な方向があるようだ。周一郎の場合は右回りということになる。そ

れでも、なんとか左回転させせると、

「あん、今度は逆……ぐりぐりがいい！」

桃花が喜悦をあらわにして、自分でも腰を揺らめかせる。

この姿勢は深くは突けないが、膣肉の圧迫感はある。周一郎もどんどん逼迫してきた。

少しでも奥に届かせたくなり、今度は直線的なピストン運動に切り換えた。

いったん小刻みに浅瀬を突いてから、下からえぐりたてるように腰をつかう。

こうすると、棍棒《こんぼう》がゆるい楕円運動を描きながら肉路をえぐる形になり、まったりとした肉襞をかきわける快感が急激に高まった。

「どうだ、桃花？」

「いい……これ、ほんとに気持ちいいです……ああん、たまんない。熱い、あそこが熱い……ぁあぁぁぁぁぁ」

桃花は周一郎の腕にしがみつきながら、ぐぐっと喉元をさらした。

「桃花、気持ちがいいぞ。出そうだ」

「ぁあぁ、店長！」

「桃花が来てくれて、すごく感謝している。私のためにも頑張ってくれるな？」

「はい……桃花、店長のために働きます。全力を尽くします」

「ありがとう……お前はいい子だな。ほんとうにいい子だ」

とどめを刺そうとして、周一郎は片手で巨乳を揉みしだく。豊かな弾力を指に感じながら、腰を突き出していく。

縦の円運動でずりゅっ、ずりゅっと押し込んでいくと、桃花の気配が変わった。

足を少し開き、自ら恥丘をせりあげて、

「ああ、蕩ける……蕩けちゃう……へんよ、へん」

「イクんだな。よし、一緒にイクぞ。そうら」

周一郎は桃花の高まり具合と歩調を合わせるようにして、えぐりたてた。緊縮力に富んだ膣肉がまったりとからみついてきて、甘い疼きがひろがる。

調子を変えて、上から一直線に打ちおろした。

「やあああん……あうぅ、イキそうです」

「私もだ。そうら、桃花」

ふたたび、縦の円運動に切り換えて、深いところの肉天井を擦りあげてやる。

とろとろに蕩けた粘膜が波打ちながら締めつけてきて、周一郎も追い込まれた。

「あああ、はうぅ……イキます。きっと、イクんだわ。イッていいですか？」

こんなときにでも、許可を得ようとする桃花をかわいく感じた。

「いいんだぞ。イッても。イクぞ。そうら」

乳房を荒々しく揉みながら、渾身《こんしん》の力を込めてえぐりたてた。

「ああ、ダメ、ダメっ……イキます。イク……強いのをください」

ととのった顔を今にも泣き出さんばかりにゆがめて、桃花がせがんでくる。

「そうら、どうだ」

最後の力を振り絞って強烈に突きあげながら、周一郎は桃花に一線を越えさせるために、乳首をくりっとねじった。その瞬間、

「イクぅ……やぁあああああ、うんっ！」

桃花は顎をつきあげながら、足をピーンと伸ばした。

気を遣《や》る兆候を見てとり、周一郎も駄目押しの一撃を打ち込んでいく。

「うっ……！」

男の証が迸る峻烈《しゅんれつ》な感覚に、歯をくいしばりながら、恥丘を押しつける。

精液の迸りを感じたのか、桃花はしがみつきながらも、しゃっくりでもするように震えている。

長い射精を終えて、周一郎は腰を引き、すぐ隣にごろんと横になった。

喉がからからに渇き、全力疾走をした余波はなかなかおさまらなかった。

しばらくして、ぐったりとしていた桃花がにじり寄ってきた。周一郎に裸身を密着させて、

「わたしのマッサージ、合格ですか？」

「もちろん、合格だ。前よりずっと上達した。あっちのほうも合格点だな」

「ふふ、よかった」

周一郎は横向きになって、同じように横臥している桃花の大きな乳房に顔を埋めた。ハーブの匂いがする乳房は、母なるやさしさと豊穣《ほうじょう》さに満ちている。

「どうしたんですか、店長？」

「桃花のオッパイは男の故郷だ。しばらく、こうしていていいか？」

「もちろん。桃花のオッパイでよかったら、いつでもお貸しします」

寛容なことを言って、桃花は髪を撫でてくれる。

「ふふっ、私は桃花の大きな子供だな」

「はい……いいんですよ。甘えて」

周一郎はふくよかな胸のふくらみに顔を押しつけた。いまだせりだしたままの乳首を口に含むと、自分がほんとうに桃花の子供になった気がして、周一郎はしばらくこの状態でいようと思った。

第四章　みだらな義姉

1

『鶴の湯』の快進撃がはじまった。

女客のマッサージは周一郎が受け持ち、男客は桃花が担当した。

時間は短いがそのリーズナブルな料金が支持され、また、桃花も男の入浴客に圧倒的な人気があった。

無理もない。ぽちゃぽちゃっとしたやさしそうな容姿で、少女のように無邪気なところがあるかと思えば、母のようにやさしく男を包み込む。

マッサージを受ける者は肉体的に凝りをほぐされたいというばかりではなく、精神的な癒しを求めている。気持ちの凝りをほぐされたいのだ。その意味では、桃花は最適の女だった。

負けじと、周一郎も全力を尽くした。

入浴を終えて出てきた女体を揉みほぐし、求められれば性感マッサージに近いことも行った。

お得意様は熟女が多かった。女も四十歳を過ぎて子供が手から離れると、自分が女であったことを思い出す。だが、すでに夫は自分を女として扱ってくれない。悶々とした夜を過ごす人妻たちが、燃え盛る性の炎の遣り場がなくて、マッサージを求めてくるのだ。

周一郎の魔法の手がその肌を這いまわる。初めは癒されてリラックスする。

やがて、肌の裏側で何か得体の知れないものが芽吹き、うごめき、火照《ほて》りとなり、もっと欲しくなる。

そういう女客が常連となり、やがては膣のなかにまで指を欲しがる。

周一郎は要望に応えた。なかには、周一郎の股間をまさぐって、挿入をせがむ女もいたが、さすがにそれはできなかった。

「私ができるのはここまでです。後は、ご主人にお任せしますよ」

そうかわして、指できっちりとイカせた。

『鶴の湯』の脱衣所は広めだが、何しろ、パーティションで区切られただけの空間である。女が声を押し殺すためのタオルを何枚も用意した。女たちはタオルを猿ぐつわ代わりに噛みしめ、声を押し殺して絶頂に昇りつめた。

自分がこうなのだから、桃花も男の客に性感マッサージを強要されているのではないかと気になった。

「そんなことはしていませんよ」

と、桃花は笑い飛ばす。だが、この性格である。求められれば、指で擦って射精させるくらいのことはしているかもしれない。

たとえそうだとしても、黙認しようと思った。自分もしていることを、桃花にダメだとは言えない。

二人のマッサージが評判を呼んで、入浴客の数は飛躍的に伸び、今では予約しないとマッサージを受けられないほどになっていた。


その日の午前中、周一郎は裏庭で薪を作っていた。解体業者が運んできた廃材を、電動ノコギリで適度な長さに切断していく。太いものは鉈《なた》で割る。

真夏日で午前中から太陽がじりじりと照りつけ、汗が容赦なく噴き出る。

あともう少しで終わりというところで、

「ご苦労さまです。あの、冷たいものを……」

麦茶の入った容器をトレイに載せた美佳が、こちらに向かって歩いてくる。

白いノースリーブのブラウスを着て、涼しそうな薄い布地のふわっとしたスカートを穿いていた。直射日光にさらされて嫌気がさしていた周一郎には、その姿は救世主のように映る。

「ありがとうございます。あと少しだから、終わらせちゃいます。そこに置いておいてください」

「では、終わるまで待っています」

「そうですか……では、日陰で休んでいてください」

周一郎はふたたび作業にかかる。

派手な音を立てる電動ノコギリで、柱に使っていただろう角材を薪の長さで切断していく。

切り屑《くず》が細かい粉になって飛び散り、周一郎の汗まみれの肌に付着する。ぽたぽたと汗が滴る。

体力は尽きかけていたが、美佳に見られていると思うだけで力が湧いてくる。格好いいところを見せようと、木材を次から次と切っていく。

額から噴き出た汗が滴り、目に入った。

顔をあげて手の甲で額の汗を拭《ぬぐ》っていると、美佳が近づいてきた。

「ちょっと、いいですか」

美佳は持っていたタオルを使って、周一郎の顔を拭ってくれる。ノースリーブの腋《わき》がちらりと見えてドキッとする。

「あっ、すみません」

「いえ、いいんですよ」

美佳は額や目の付近、さらには首すじから肩にかけてタオルをすべらせて、丹念に汗を拭く。

前から拭いてくれているので、ブラウスの胸が目の前に見える。わずかに汗ばんでいて、白い布地が肌に貼りつき、ブラジャーの縦に走るストラップが透けていた。

それを見て、周一郎の心臓はドックン、ドックンと激しく音を立てる。

この女を抱きしめたかった。惚れていますと打ち明けたかった。だが、それをしたら、せっかくのいい関係性を壊してしまいそうでできない。

美佳は汗を拭き終えると、自分が出過ぎたことをしたとでも思ったのか、

「ゴメンなさい。なんか、余計なことをしてしまって」

「いえ、そんなことはない。疲れが吹き飛びましたよ」

「そうですか……よかった」

微笑んで、美佳はまた元の場所に戻っていく。

至福感を胸に周一郎は、残っていた木材を切断し、鉈で叩き割った。

「終わりですね」

「ええ、終わりです」

「少し休みませんか？」

「えっ、はい、そうします」

汗を手で拭き拭き、周一郎は美佳の後をついていく。美佳はまだ誰もいない午前中の『鶴の湯』に裏口から入り、脱衣所のサッシを開けて、縁側に出た。

周一郎も同じように縁側に出る。目の前には、鯉が飼われている小さな池のある坪庭があった。

「しばらく、ここで休んでいてくださいね」

美佳は麦茶のお盆を置いて、どこかに姿を消した。周一郎が麦茶を飲んでいると、

「あったかくなったでしょ。これを」

と、冷蔵庫から出してきたばかりの麦茶の容器を見せ、コップに注ぐ。周一郎が冷えた麦茶を一気飲みするところを見て、

「着替えを持ってきました。着替えてください」

と、洗いたての周一郎のランニングシャツを差し出す。

（こんなことまで……）

気遣いがうれしかった。まるで、妻に甲斐甲斐しく世話を焼かれているようで、胸

がジーンとしてくる。

たるんだ裸を見られるのがいやだったが、美佳のせっかくの好意を無にすることはできない。汗で肌にへばりつくランニングシャツを脱ぐと、美佳が寄ってきて、タオルで背中を拭いてくれた。

タオルのふんわりと柔らかな素材が、美佳の心を現しているようで、気持ちが癒されていく。

背中から胸にかけてタオルをすべらせてから、美佳はシャツを渡してくる。

洗い立ての気持ちのいいランニングシャツを着て、周一郎は縁側に腰かけた。すると、美佳もすぐ隣に足を崩して座る。

今、ここには二人以外誰もいなかった。坪庭は日陰になっていて、ひんやりした夏の空気が気持ちがいい。

ずっと、このままでいたかった。美佳と同じ空気を吸っていたかった。

「尾崎さんには、すごく感謝しています」

美佳の声がする。

「マッサージをはじめて、うちはだいぶ経営が楽になりました。尾崎さんのおかげです。ありがとうございます」

美佳が正座して、頭をさげるのが見えた。

「いえいえ、いいんですよ。こちらこそ、あのとき看病してもらって、泊めていただいて……そのお礼だと思ってください」

「……尾崎さんが来てくれて、ほんとうによかった」

美佳がしみじみと言う。

自分はこの女のためになることをしている。美佳は自分に感謝してくれている。そう感じるだけで、周一郎の心はぽかぽかと暖かくなる。

やがて、沈黙に気詰まりを感じて、気になっていたことを聞いた。

「ところで、お兄さんの姿を見かけないけど、今日は？」

「兄は朝から競艇に行っていて……すみません」

車で十五分ほどのところに、競艇場があることは知っていた。

「ボートですか……好きなんですか？」

「ええ……。一発大穴を当てれば何千万と入って、ここの経営も楽になるからって……実際に当たったという話は聞いたことがないんですけど」

美佳が顔を伏せた。大穴で何千万ということは、つまり、それだけ大金を賭けているということだ。

「競艇でも競馬でもテラ銭を取られますから。トータルでは損をするようにできているんですよ」

「そうですよね。口が酸っぱくなるほど言ってはいるんですが、賭けているときのスリルが忘れられないみたいで、どうしてもやめられないようなんです」

(愚兄賢妹か……)

経営責任者である靖男が生活態度を改め、考え方を変えないと、この銭湯はよくはならない。

いくらマッサージで儲けても、入ってきたお金を靖男が賭け事ですってしまえば、元の木阿弥《もくあみ》だ。ザルに水を注いでいるような気がして、周一郎は徒労感を覚えた。

周一郎が靖男に言い聞かせることができればいいのだが、そんな立場にはないし、また説教したところで靖男が反発するのがオチだ。

話題を変えようとでも思ったのか、美佳が言った。

「あの、東京のお家には、まだ帰らなくていいんですか?」

東京に一軒家を持っていることは、話してあった。

「平気です。誰も住んでいないけど、たいした家ではないから、空き巣に入ろうなんて思うやつはいませんよ」

「そうですか……」

美佳は家のことを心配しつつも、今、周一郎に帰られたら困ると思っているのではないかと思った。

「大丈夫ですよ。しばらく、ここにいるつもりですから」

「ありがとうございます。なんて、お礼を申し上げたらいいのか……でも、無理なさらないでくださいね」

「心配しないで。この銭湯やこの町が好きで、ここにいるんですから」

ほんとうは、あなたが好きで、と言いたかったけれどできなかった。

一瞬会話が途絶えて、軒先に吊るしてある風鈴が、ちりりんと涼しげな音を立てた。

周一郎の胸には、美佳と二人で軒先で涼んでいることの幸福感が込みあげてくる。

幸せすぎるがゆえに、逆に美佳の恋人のことが気になった。

「失礼なことをうかがうようですが、昨日、男の人が美佳さんを訪ねていらっしゃいましたね。あの方は？」

昨日、三十歳くらいの会社員風の男がやってきて、部屋で美佳と親しげに話していた。感じのいい、やさしそうな男で、彼なら美佳にはお似合いだと思った。

「広田《ひろた》さんのことですね」

「広田さんって言うんですか？」

「はい……ここの市役所に勤めている方で、でも、時々話をする程度で、おつきあいをしているとは言えません」

美佳がきっぱりと言ったので、周一郎は安心した。だがその反面、そんな関係で用もないのにわざわざ家を訪ねてくるのだろうかという疑問もあった。

「あの、わたしからもうかがっていいですか？」

と、美佳は断って、

「桃花さん、すごくよくやっていただいて助かっています。彼女は、あの……尾崎さんの？」

小首を傾《かし》げて、周一郎に大きな目を向ける。

桃花とは一度身体を合わせたが、恋愛感情とは別物で、あれ以来抱いてはいない。

「いえいえ、ただの元従業員です。美佳さんがお考えになっているような関係ではありませんから」

誤解を解くべく言うと、美佳の顔に安堵《あんど》の表情が浮かんだ。

嫉妬とまではいかないだろうが、そうやって自分と桃花との関係を気にしてくれていることは、自分に少しは気があるのではないか？

周一郎の心は弾んだ。

「あの子は仕事熱心でいい子ですから。かわいがってあげてください」

「はい、わたしもそう思います」

美佳が大きくうなずいた。それから、

「すみません。そろそろ昼御飯の支度をしないと……尾崎さんはゆっくりと休んでいてくださいね」

立ちあがって、縁側を離れる。

ひとり残された周一郎は、池で橙《だいだい》色の鯉が泳ぐ姿をいい気持ちで眺めていた。

昨日の男が恋人ではないとわかり、また、桃花との関係を美佳が気にしていたことが、周一郎の心をうきうきさせていた。

美佳と自分が恋愛関係になる確率は極めて低い。それでも、美佳が自分を大切に思ってくれていることがうれしい。

(よし、昼御飯までに、明日の分の薪割りもするか)

周一郎は疲れた体に鞭《むち》打って、ヨイショと立ちあがった。

2

その日、仕事を終えた周一郎が深夜、鶴本家のキッチンでひとり夜食を摂っていると、桃花がやってきた。相変わらず、タンクトップにショートパンツという健康的なファッションだが、どこか浮かない顔をしている。どうしたんだと聞くと、相談したいことがあるという。

「何だ？　話してみなさい」

「今日、お客さんから、妙なことを言われて」

「妙なことって……？」

「その人は柳瀬《やなせ》って名前で、角刈りにしたいかにもあっち系の人で、龍の刺青《いれずみ》を背中に彫っているんですよ」

「刺青を入れていたら、銭湯には入れないだろ？」

「だから、入場料を払っているのに、風呂には入らないでマッサージだけ受けにきたんですって。その人から『うちの関係のマッサージ店で働かないか』って誘われました……今の給料の三倍出すって」

そう言って、桃花は周一郎の顔色をうかがった。

「で……どう答えたんだ？」

「もちろん、断りました。いくら三倍のお給料出すって言われても、わたしは店長の元で働きたいから」

桃花の愛情あふれる言葉に、周一郎の胸はジーンとしてくる。

「ありがとう。よく言ってくれた」

「ふふっ、いいんです。でも、きっとまたあの人、来るような気がします。わたし、あの人が何だか怖くて」

桃花は男の顔を思い出したのか、ぶるっと震えて、

「色男なんだけど、怖い目をしていた。笑っていても、目の底は笑っていないっていうか……ぞっとするような目をしていたな」

「わかった。今度その男が来たら、私にそれとなく教えてくれないか？　こっちで話をするから。桃花を引き抜かれたんではたまらないからな」

「はい、そうします。よかった。相談して……なんだか、胸のつかえがおりました……あの、店長は今から？」

桃花が周一郎の顔色をうかがった。

もしかして、抱かれたいのではないかと思ったが、二度身体を合わせてしまうと、男と女の関係になってしまう。それは避けなければいけない。

「今夜は疲れたから、寝るよ。桃花も疲れただろう。寝たほうがいい。ご苦労さま。おやすみなさい」

欲望を抑えて言うと、

「そうですね。そうします。おやすみなさい」

桃花は一瞬残念そうな表情をしたが、すぐに立ち直り、肉感的な尻を見せてダイニングを出ていく。

ひとりになって、今の桃花の話を考えた。

確証はないが、その柳瀬という男は『石黒』の者ではないかという気がする。

龍の刺青を背負っていたというのだから、おそらく暴力団のひとりだろう。この前、美佳から『石黒』のバックには暴力団がついていると聞いていた。

『鶴の湯』が持ち直したのを、『石黒』もただ指を咥えて見ているわけにはいかなくなったのだ。そして、まずは一番攻略できそうな桃花に触手を伸ばした……。

レジャーセンターを経営するくらいだから、おそらくマッサージ店の一軒や二軒は持っているはずだ。人気のある桃花を引き抜いてしまえば、『鶴の湯』も勢いを失くすと考えたのに違いない。

卑劣なやり方だが、かつてはいやがらせをして先代の命を縮めさせたくらいだから、このくらいは当然やってくるだろう。

(『石黒』が切り崩しにかかっているとしたら、まだまだ来そうだな。今度はどんな手を打ってくるのか?)

周一郎は胃に重いものが沈み込んでくるのを感じながらも、夜食用のオニギリを無理やり口に放り込む。

喉につかえそうになりながらも、甘めの紀州梅干しの入ったオニギリをむしゃむしゃ食べていると、女の声がした。

「あらっ、尾崎さん、まだ寝ていらっしゃらないの」

振り返ると、シルバーのナイティを着た髪の長い女が近づいてくる。

靖男の妻、由布子である。

「ああ、すみません。お腹が空いたので、夜食をちょうだいしています」

「今夜も遅くまでご苦労さまです」

由布子はダイニングテーブルの向こう側にまわり込んで、

「お茶はどうなさったの？　少し待っていてね」

急須《きゅうす》にお茶の葉を入れ、そこにポットのお湯を注いだ。お茶が出る間、急須を持ってかるくまわしている。

相変わらず艶《なまめ》かしい。初日の夜に夫婦の閨の床で、奔放なセックスを覗き見てしまった。そのセクシーな裸身がいまだに目に焼きついている。

だがそれがなくとも、この女を見たら男は誰でも下半身をくすぐられるだろう。目も口も大きく、それでいて、どこかおっとりした感じがあり、妖しいほどに色っぽい容姿をしている。

それに加えて、今はシルクらしい柔らかで光沢のあるナイティを身につけているので、乳房のふくらみや腰のくびれからつづくヒップラインが浮き彫りになっている。

よく見ると、胸の甘美なふくらみの頂に、小さな突起があった。

（ということは、ノーブラか……？）

おそらく、就寝時にはブラジャーをつけないのだろう。それにしても目の毒である。

周一郎が目を伏せながら、オニギリを食べていると、

「どうぞ」

向こう側から、由布子が湯呑み茶碗を差し出してくる。

「ああ、すみません」

周一郎がお茶を啜《すす》る間も、由布子は椅子に座ってこちらをじっと見ている。

「あの……何か？」

「美味しそうにお茶をすする方だなって……薪割りも率先してやっていただいているし、マッサージのほうだって……あなたには心から感謝しているわ。あなたがいなかったら、この銭湯はどうなっていたか」

由布子はこの銭湯を『石黒』に売ることに積極的だったから、自分は疎《うと》んじられているのかと思っていた。あれから状況が変わったから、今は考えが変わったのだろうか？

そんな思いを隠して、周一郎は言った。

「働き場所が見つかって、こっちも助かっていますから」

「あなた、東京に戻るつもりはないの？」

「はい、今のところは……ここが軌道に乗るまでしばらくつづけるつもりです」

きっぱり言う。そのとき、由布子の表情が一瞬曇ったように見えたのは、気のせい

だろうか。

「でも、たいした収入にもならないし、つらいんじゃないの？」

「いや、それはないですよ。お金じゃないですから」

「お金以外に、何があるのかしら？」

「人の気持ちですかね。私は気持ち良く働ければいいんですよ」

「欲がないのね……」

由布子は自分にも淹《い》れたお茶をすすってから、思わぬことを言った。

「お疲れのところ申し訳ないけど、マッサージしてもらえないかしら？」

「えっ……今からですか？」

「ええ。このところ、肩と腰が張っていて……このままでは眠れそうにもないの。少しでいいのよ。あなたが疲れていることはわかっているから。お願い」

由布子は両手を合わせて、拝んでくる。

ここまでされると、周一郎としても断れない。何しろ、相手は雇い主の奥様なのだから。

「わかりました。しましょう」

「感謝するわ。場所は……そうね、マッサージルームにしましょうか。あそこならいろいろと揃っているし、面倒が省《はぶ》けるでしょ」

「はあ、かまいませんよ」

「じゃあ、決まり」

由布子が席を立つのを見て、周一郎も腰を浮かせた。

真夜中の『鶴の湯』は怖いほどに静まり返っていた。

わずかに古い木の匂いがする脱衣所に明かりが灯《とも》り、その一角に作られたマッサージルームで、周一郎は由布子と向かい合っていた。

「脱いだほうがいいわね」

「ええ、まあ、脱がなくてもできますが」

「どうせなら、ちゃんとやってほしいもの」

由布子はためらうことなくナイティの裾をまくりあげ、一気に首から抜き取った。

やはりノーブラで、つけているのはラベンダー色の面積の少ないパンティだけだった。一度覗き見たとはいえ、間近のこの角度で見ると、迫力が違う。

色白の絹のようなもち肌がむちっと張りつめ、体型も素晴らしい。こういうのを、男性の垂涎《すいぜん》の的《まと》と言うのだろう。

しなやかで艶かしいボディは優美な曲線に満ち、いかにも重そうな乳房がたわわに実り、ウエストも見事にくびれて、張り出したヒップなどは女の極致とも言うべきまろやかな曲線をたたえている。

「いやだ。わたしの身体に何かついてて？」

「あっ、いえ……ここに寝てください。最初はうつ伏せで」

由布子が施術ベッドにあがるのを横目に見ながら、周一郎は靖男もこの身体にやられたのだろうと思った。男好きがする雰囲気があるし、世の男性は由布子にかかったらひとたまりもないに違いない。

同じ女性でも、美佳の魅力とは対極をなしていた。美佳は清楚で、男が何かしてあげたくなる。抱きたいという気持ちはもちろんあるが、それ以上に精神的な魅力が大きい。だが、由布子は純粋に肉体で男を悩殺する。この女を見て、あわよくばと思わない男はいないだろう。

うつ伏せになった由布子の下着を見て驚いた。ラベンダー色のパンティはTバックで、細い紐状になった布が双臀の狭間に深々と食い込んで、ぷりんと張りつめた尻たぶのほぼ全貌が目に飛び込んでくる。

(まいったな。なんでこんな破廉恥《はれんち》な下着を……？)

これから靖男に抱かれるつもりでこの下着をつけていたのかもしれない。それにしても、こんなストリッパーみたいな下着を普通の人妻はまずつけない。

周一郎はマッサージオイルを手のひらに取って、肩から背中にかけて塗り付けていく。

日頃からエステにでも通っているのか、肌はすべすべできめ細かく、触れると張りがある。柔らかな弾力を持つ肌は、周一郎がこれまで揉んできた女体のなかでもトップクラスだ。

腹這いになっているので、たわわな乳房が施術ベッドに押しつけられて大きくひろがり、横から見るとその充実度がわかる。

首と肩の緊張をほぐし、さらには背中を大きなストロークでさすり、ツボを押す。

すると、由布子は「ああ、気持ちいい」と心の底からの声をあげる。

さらには、足のふくら脛《はぎ》を揉みほぐし、太腿にかけてつかみ揉みすると、

「ああん、そこも気持ちいいわ……太腿が張っているのよ。そこを中心にやってほしいわ」

由布子は要求して、足を少し開き、尻を持ちあげた。

太腿が張るのはアスリートに起こる現象で、普通の人にはまず起こらない。それに、この下着……。

(私を誘っているのか……？)

しかし、周一郎を誘惑したところで、由布子にたいしたプラスになるとは思えないのだが。

いずれにしろ、雇い主の奥様をそう邪険には扱えない。要求どおりに、両手を開いて圧迫しながら、ふくら脛から太腿にかけて揉み込んでいく。

「ああ、お尻も……」

リクエストに応えて、オイルを塗り付けながらヒップを形に沿ってなぞる。腰を両脇から押さえつけて横揺れさせると、尻たぶがぷるぷると揺れて、

「ああ……気持ちいい」

由布子は尻をぐぐっとせりあげる。

すると、細い紐が食い込んだ尻の谷間があらわになり、肝心な部分をかろうじて覆っている股布がのぞく。驚いたことに、そこにはすでにシミが浮き出ていた。

シミだけでなく、くっきりとした縦溝が刻まれ、股布が小さすぎるためか、外側のぽてっとした陰唇がサイドからはみだしている。

困った……そう感じながらも、周一郎の股間は頭をもたげはじめる。

股間の異常を悟られないようにしながら、尻肉をつかみ揉みしていると、いきなり由布子が尻を浮かせて、施術ベッドに四つん這いになった。

「ねえ、この格好でして……」

うつむいたまま、由布子はオイルでぬめ光る尻をもどかしそうに振る。

周一郎は何年も前に場末の劇場で見たストリップを思い出していた。

「いや、だけど、これ以上すると、靖男さんに怒られますから」

「あの人はいいのよ。今夜だって帰ってこないわ。つきあいだって言っているけど、怪しいものよ」

由布子が意外なことを言った。

「そうですか？　お二人は仲がいいように見えますが」

初日に盗み見た、二人の濃厚なセックスを思い出していた。

「表面上、そうしているだけよ。だいたい、あんな男……」

由布子は何か言いかけて口をつぐんだ。

「とにかく、あの人のことは考えなくていいから」

「いや、でも……」

「ああん、焦れったいわね。あなたを追い出すくらい、簡単にできるのよ……いいから、言うとおりになさい！」

最後には自分の権力をちらつかせて、由布子は周一郎を険しい顔で見た。

すごまれると、雇われている身の周一郎は、強くは出られない。今、『鶴の湯』を辞めさせられるわけにはいかなかった。

美佳という惚れた女がいながら、いつもこうして、他の女の快楽に奉仕をする自分を情けなく感じながらも、周一郎は命令に従う。

突き出された尻たぶの丸みに沿ってまわし揉みし、内腿を撫であげると、

「ああ……いいわ。ねえ、ここを触って」

由布子は腹のほうから手を潜らせ、パンティをつかんで、横にひょいとずらした。

いかにも具合が良さそうな陰唇がふっくらとしたたたずまいを見せている。あまりにも肉厚すぎて、この格好をしていても左右の肉びらが閉じ合わさり、内部が見えないほどだ。

ふくよかすぎる暗紫色の肉扉に指を添えて開くと、ようやく内部の粘膜が姿を見せた。複雑な肉襞の重なりをのぞかせるそこは外側とは一転して、鮮やかな珊瑚色だ。そして、にじんだ淫蜜が蛍光灯の明かりを反射している。

「指を入れて、早く」

大きな尻をくねらせて、由布子はせがんでくる。

「指だけですよ。いいですね」

「いいから、早く。女の火を消してちょうだい」

周一郎は右手の指にオイルを塗って、中指と薬指を合わせ、ふっくらとした肉の扉をこじ開けていく。まったりとした肉の防御網を突破して、指がぬるっと嵌まり込むと、

「うっ……！」

由布子はつかんでいたパンティを離して、その手で施術ベッドのサイドを握りしめる。周一郎が指をさらに奥まで押し込むと、

「ぁああ、入ってきた」

つやつやの背中をくっと弓なりに反らして、悦びの声をあげる。

異様に温かく、ねっとりとした粘着感のある膣肉だった。

雇い主の奥さんにこんなことをしてはいけないという気持ちはあるのだが、女を悦ばせたいという男の性《さが》が顔を出し、ついつい夢中になってしまう。

まずは指を伸ばして、子宮口の周囲にあるTスポットをぐりぐりとこねると、肉襞がからみつく感触があって、

「くうぅぅ……それ！」

由布子はがくん、がくんと頭を上下に振る。

最奥まで押し込んだ状態で、イカの嘴《くちばし》のように硬さが感じられる子宮口をまわし揉みし、かるく指をピストン運動させる。

「やぁあん、それ……ああ、でも、気持ちいい。へんよ、へん……でも、気持ちいいわ」

抜き差しに呼応して、由布子は腰をグラインドさせる。

「奥のほうが感じるんですね？」

「ええ、奥も入口も全部感じるわ。しばらく男に抱かれないと、我慢できなくなるの。欲しくて欲しくてたまらなくなる。そんなときは、ついつい男の股間に目が行ってしまうのよ。へんでしょ、わたし、へんでしょ？」

「いいえ、へんじゃありませんよ。女の悦びを知っている女の人はそうなります。異常ではありませんよ」

周一郎はぐるっと指をまわして、指腹が腹部を向く形にする。

横にずれたパンティの基底部が元に戻ろうと指にかかる。それを撥ねつけるようにして今度は浅瀬のほうを、指でかるく叩くようにする。ノックを浴びせながら、粘膜を擦る。Ｇスポットである。

膣襞がぐぐっと内部から盛りあがってきて、膣内が狭くなる。からみつく肉路を押し退《の》けるようにバイブレーションを与えると、

「くうぅぅ……へんよ。熱い……出ちゃう」

「何が出そうなんです？」

「わ、わからないわ。きっと、オシッコよ。いやああ、ダメっ、ダメっ」

由布子が指を抜こうとして、腰を前に逃がす。指が外れると、

「ああ、やっぱり欲しいわ。ねえ、ねえ」

と、尻を後ろに突き出してくる。

周一郎はふたたび膣肉に二本の指を挿入し、Gスポットを刺激しながら、自分もしゃがんで、指が入り込んでいる下のほう、すなわちクリトリスに舌を伸ばした。

大きめの肉芽を舐めまわし、莢《さや》ごと口に含んでちゅう、ちゅう吸う。そうしながら、指腹で膣壁を叩く。

すると、由布子の裸体がぶるぶると震えはじめた。

「いや、イッちゃう。まだ、イキたくないの……尾崎さん、前にまわって。あなたのを咥えさせて」

ほんとうはまずいが、断れる雰囲気ではない。

周一郎は施術ベッドの前にまわって、甚平《じんべい》のズボンをおろした。すると、由布子はもどかしそうにトランクスを引きおろしたので、ぶるんっと分身が転げ出た。

「大きいのね。ふふっ、咥えがいがありそうだわ」

艶かしく微笑んで、由布子は肉棹を引き寄せ、口のなかに招き入れる。施術ベッドに四つん這いになり、顔の高さを調節して、自分から顔を打ち振る。

ずりゅっ、ずりゅっと肉のいきりたちを唇でしごきながら、右手を腹のほうから潜らせて、自らの膣肉に押し込んだ。

「ううっ……」

呻きながらも、肉柱に舌をねっとりとからませる。かなりきつい姿勢のはずだが、それを厭《いと》うこともなく、情熱を込めて舐めしゃぶってくる。

(ああ、この人はほんとうにセックスが好きなんだな)

セックスが好きな女は、男にとっては極めてありがたい存在だ。たっぷりと愛情を注ぎ、かわいがってやれば、そういう女は尽くしてくれる。だが靖男はどうなのだろう?

靖男は見たところ遊び人である。遊び人でもセックスが上手ければなんとかなるのだが、この前見たところでは可もなし不可もなしといったところだ。それでも、妻を心から愛していればいいのだが、由布子に愛情を注いでいるとは思えない。

そのへんが原因で、由布子も銭湯の主人の奥様として、いまひとつやる気が起こらないのかもしれない。

由布子の口の動きが止まった。この姿勢では疲労感も大きいはずだ。

周一郎は両手で由布子の顔を挟みつけて、腰を揺すった。太く長い肉柱が女の唇を軋《きし》ませながら行き来して、由布子はそれを眉根を寄せながらも、どこか嬉々として受け入れている。

うっとりと眉根をひろげながら、膣肉に差し込んだ指で自らの女の孔《あな》を抜き差ししている。

ネチッ、ネチャッと粘着音が立ち、持ちあがった尻がもどかしそうに揺れ動く。

由布子の口に溜まっていた唾液が、肉棹を行き来するたびにすくいだされて、涎のように顎へと伝い落ちていく。

陶酔していた由布子が、肉柱を吐き出して言った。

「ねえ、これが欲しいわ。ちょうだい」

3

由布子はパンティを脱いで全裸になると、周一郎の手を握って、脱衣所から浴室のほうへと引っ張っていく。女風呂のほうだ。

照明を点けると、正面に富士山を富士五湖から眺めた裾広がりのペンキ絵が明かりのなかに浮かびあがった。

「どうするんですか？」

「前から、一度浴室でしたいと思っていたの。富士山を見ながらね」

周一郎に向かってウインクして、由布子はタイル張りの浴室を歩き、浴槽の前まで来て立ち止まった。

「ここで、いいわ。あらっ……」

周一郎のやや勢いを失くした下半身に視線を落とし、由布子はタイル張りの床にしやがんだ。

すでに甚平のズボンを脱いでいた周一郎は、上着だけの姿で、足を開いて仁王立ちになる。すると、由布子は股ぐらに顔を寄せた。

片手を床に突き、下から覗き込むようにして、皺袋から肛門へとつづく敏感な縫い目に丹念に舌を走らせる。

そうしながら、右手で肉茎を握り強弱をつけてしごくので、周一郎の分身もたちまち力を漲らせる。

巧みなフェラチオである。しかも、嬉々としている。男のシンボルが心底から好きなのだ。

羞恥心を持ってためらいのなかで咥える女もいいが、男根が好きであることをダイレクトにぶつけてくる女もまた男にとって貴重だ。

女の舌が裏筋に沿って、触れるかどうかのタッチでツーッと這いあがってくる。

「うっ……！」

ビクンと撥ねるイチモツが、すっぽりと由布子の口におさめられる。

温かな口腔と柔らかな唇、ねっとりとした舌の蕩けるような感触に、周一郎は目を細める。

目の前には、銭湯でしかお目にかかることのできない富士山の絵がある。高い天井のサイドについた高窓からは、満天の星が輝く夜空が見える。

こびりついたお湯の匂いが、ここが紛《まぎ》れもなく銭湯であることを伝えてきて、そこで女にフェラチオされている自分がどこか不思議であり、またひどく昂奮する。

銭湯で女と繋がるのは、男の叶《かな》わぬ夢のひとつだ。

温泉なら貸切り風呂があるから可能だが、銭湯では絶対にできない。それを今自分はしようとしている。

相手は人妻、しかも、雇い主の奥さんだ。本来なら、絶対にやってはいけないことを自分はしている。

眞弓もフェラチオが上手かったが、由布子はそれ以上だった。根元を握って強くしごかれ、亀頭冠を中心に唇を速いピッチで往復されると、こらえきれなくなった。

「由布子さん、そろそろ」

と、性交をせかしてしまう周一郎だった。

由布子は顔をあげて満足そうに微笑み、立ちあがった。

それから、浴槽の縁に両手でつかまって、腰を後ろに突き出してくる。

せまってきた尻はマッサージオイルで油を塗られたように妖しくぬめっていた。

周一郎はほどよくくびれたウエストをつかんで引き寄せ、丸々とした尻たぶの底に切っ先を押しあてると、慎重に腰を入れていく。

入口を隠していた肉厚の陰唇がほどけ、亀頭部にまとわりついてくる。それを押し退けるようにして先に進めると、切っ先が肉貝の狭間にぬぷりと嵌まり込んだ。

一気に押し込むと、それが根元まで入り込み、

「はん……！」

由布子は浴槽の縁をつかむ指に力を込めて、背中を弓なりに反らせた。

「くおおぅぅぅ」

と、周一郎も奥歯をくいしばっていた。

由布子のそこはまったりとした包容力に富み、まだ動かしてもいないのに、波打つようにして分身にからみついてくる。少しでも動かせば洩らしてしまいそうだ。

「ああん、ねえ、突いて」

焦れったそうに、由布子は腰を前後に揺すって抽送を求めてくる。

周一郎が分身に吸いついてくる肉襞を押し退けるように打ち込むと、

「ぁあぁ、これよ。これが欲しかった」

由布子は感極まった声をあげて、顔を上げ下げする。

まったりとからみつく肉襞のうごめきに耐えて、周一郎は少しずつ打ち込みのピッチをあげていく。すると、由布子が何を思ったのか、右手を腹のほうから潜らせて、周一郎の股間に伸ばしてきた。そして、金玉袋を手指でやわやわとあやしてくる。

（おおぅ、こんなことまで）

陰嚢からもたらされるゆるやかな快感のなかで、周一郎も右手をまわり込ませて、乳房をつかんだ。ボリュームあふれる乳房を揉みしだき、トップにせりだした乳首をこねる。

「ああん、わたしたちいやらしいことをしている」

由布子は言いながら、なおも皺袋をさわさわとマッサージする。

（なんて、女だ……）

その淫らな指づかいに感心しながら、周一郎は乳房から手を離し、ウエストをつかみ寄せる。打ち据えると、由布子は陰嚢をつかんでいた手を浴槽の縁に持っていき、

「あんっ、あんっ、あんっ……」

喘ぎをスタッカートさせながら、自分から腰をまわしたり、揺らしたりして、切っ先があたる部分を変える。

由布子の喘ぎがガランとした銭湯に異様なほどに大きく反響する。

浴槽を隔てた数メートル向こうの大きな壁に、富士山が見える。実際はペンキ絵なのだが、現実に富士山を眺めながら女と繋がっているように思えて、奇妙な解放感がある。

知らず知らずのうちに力が入り、思い切り叩き込んでいた。

「うっ……うっ……ああ、届いてる。奥に届いてるわ」

由布子はさしせまった声を放って、がくん、がくんと膝を落とす。

周一郎が一気に駆けあがろうとすると、由布子がそれを制して言った。

「ダメっ、まだイカないで。もっと、もっと由布子をいじめて」

ならばと、周一郎は下半身で繋がったまま方向転換する。

ゆっくりと押していくと、由布子は手を突いて前に進んでいく。両手両足を伸ばした四つん這いの姿勢で、一歩、また一歩とタイルの上を歩いていく。

「ああ、これ、いい……感じるの。こういうのが感じるの」

日常では気が強そうだが、セックスでは性格が変わる女がいる。由布子もそのひとりなのだ。おそらく、虐《しいた》げられる惨《みじ》めな自分が好きなのだ。

「みっともない格好だぞ。ケツをもこもこさせて、他人には見せられないな」

試しに口調を変えて、言葉でなぶってみると、

「ああん、言わないで」

鼻にかかった甘え声を出して、由布子は立ち止まる。やはりと周一郎は思った。

「何をしている。さっさと進むんだ」

ビチャッと尻たぶを平手打ちすると、

「うっ……はい、わかりました。ゴメンなさい」

由布子は殊勝《しゅしょう》に答えて、また歩きはじめる。

突き出した尻をもこもこと揺らし、後ろから貫かれながらも四つん這いで進んでいく。その無様な姿に、周一郎も心の底に潜む邪心をかきたてられる。

洗い場を押していくうちに、等身大のミラーが目に入った。男風呂との境に嵌め込まれている大きな鏡だ。

周一郎はそこまで由布子を導いていく。

向かい合わせると、由布子は鏡に映った自分の姿を見て、「いやっ」と顔をそむけた。

「ダメだ。ちゃんと見なさい」

周一郎は挿入部分がよく見えるように、二人の身体の角度を鏡と平行に変えた。

「見ているんだぞ。目を逸《そ》らすな」

周一郎も鏡を見ながら、打ち込んでいく。腰を引き寄せながら叩き込むと、持ちあがった尻の底に、猛りたつ肉柱がズブッ、ズブッと嵌まり込んでいくのが鏡に映る。

いやがるかと思ったのだが、由布子は何かに魅入られたように鏡のなかの自分に視線を釘付けにされ、

「うっ……うっ……ああ、可哀相。由布子、可哀相……」

そう呟きながらも、惨めな自分を憐れむような目で見ている。

周一郎は挿入シーンを見せつけでもするように、ゆっくりと分身を沈めていく。

「ああん、大きいのが入ってくる」

由布子は体内に押し入ってくる肉棹を恍惚として眺める。

周一郎は由布子の位置を変えて、等身大のウォールミラーに両手を突かせた。鏡と向かい合う形である。

腰を引き寄せて、後ろから強く打ち込んでいく。パチン、パチンと肉の衝突する音がして、

「うっ……うっ……くうぅぅぅぅ」

由布子は激しい打ち込みに乳房を揺らしながらも、鏡のなかの自分から目を離そうとはしないのだ。

周一郎は背後から手を伸ばして、乳房をつかんだ。両方の手でたわわな乳房が変形するほど荒々しく揉みしだく。

「あああぁ……可哀相、オッパイが可哀相……」

由布子は指に蹂躙《じゅうりん》される乳房を憐憫《れんびん》の眼差《まなざ》しで見ていたが、周一郎がズンッと突きあげてやると、

「うはっ……！」

鏡に突いた指に力を込めて、顎をせりあげた。

「こういうのが好きなんだね？」

「はい……好き」

「どうされたいのかな？」

「……壊して。由布子を壊して。メチャクチャにして」

「よし、壊してやる。メチャクチャにしてやる」

周一郎は怒濤《どとう》のごとく腰を叩きつけ、そして、乳房をねじりあげた。

「ああうぅ、つうーっ……」

「これがいいんだね？」

「ええ……いいの。もっと、もっと由布子をいじめて」

期待に応えて、周一郎は片手で豊乳を揉みしだき、もう一方の手で腰をしっかりとつかんだ。渾身の力を込めて、膣肉を突きあげる。

「ああぁ、おかしくなる」

由布子は時々鏡のなかの自分を見ながら、髪を獅子舞《ししまい》のように振り乱す。

「そうら、どうだ」

「ぁあぁ、イク……イッちゃう。落ちる……落として。由布子を落として」

「そうら、落ちろ」

片手で乳首をぐいとねじりあげ、思い切り肉棹を叩きつけると、

「イク、イク、イクぅ……やぁあああぁぁぁぁぁぁ……はんっ」

由布子は銭湯中に響き渡る嬌声をあげ、背中をいっぱいにしならせた。

それから、がくっ、がくっと痙攣し、鏡のなかの自分を抱きしめるようにして、タイル張りの床に崩れ落ちた。

第五章　縄化粧と刺青

1

マッサージルームで客が途絶えて周一郎が一休みしていると、白衣をつけた桃花が息せき切ってやってきた。

自分を引き抜こうとした柳瀬というあの男がまた来ているという。

ここは、これ以上桃花に手を出さないようガツンと言い聞かせなければいけない。桃花とともに男湯に移り、パーティションで区切られたマッサージルームに入っていくと、男がこちらを振り返った。

頭をすっきりとした角刈りにした男は、桃花が言うようになかなかの美男だった。臙脂《えんじ》色のスタンドカラーのシャツを着ていたが、広く開いた襟元からはゴールドの太いネックレスがのぞき、同じゴールドのチェーンが手首にもまわっていた。

ぞっとするほどに冷たい目が、この男がこれまでいかに修羅場を潜《くぐ》ってきたかを雄弁に伝えている。どう見ても、堅気《かたぎ》ではなかった。

こういう相手には下手に出たら、舐められる。

「この子を引き抜こうとしているようだが、困るよ。うちの大切な戦力なんだから。マッサージ師なら他にもいるだろう」

ややもすれば怖じ気づきそうになるのを隠して突っ張ると、柳瀬はこちらの気持ちをいなすように口許をゆるめて、

「何かの誤解ですよ。この子のマッサージが上手なんで、思わず声をかけただけですから。もったいないですからね、ここに置いておくのは」

喋り方は風体とは違って馬鹿丁寧で、それがかえって不気味だった。

「もったいないって……あなたはここを馬鹿にしているのか」

「いえいえ、そうじゃない。この銭湯もマッサージも地域の住民に立派に貢献なさっていると思いますよ」

そう返されると、尖っていた気持ちの角が取れていく。

「あなたが、尾崎さんですね」

柳瀬がクールな目を向ける。名前を知られていることに少し脅威を感じたが、それは見せずに突っ張った。

「……そうだが、それが何か？」

「東京でご自分で店を持っていたとか。たいしたものだ。なんであっても、使われるのは簡単だが、人を使うのは難しい。私も何人か舎弟《しゃてい》がいるんですが、なかなか言うことを聞いてくれません。なかには、こちらが止めても鉄砲玉みたいに勝手に動いてしまうバカがいて……」

口許に冷たい笑みを浮かべて、柳瀬は周一郎を見た。冷たい刃で頬をぞろりと撫でられるような恐怖に、周一郎の心は縮みあがった。

「尾崎さんは、ここにはどのくらいの間、いらっしゃる予定ですか？」

柳瀬が慇懃《いんぎん》に聞いた。

「ど、どのくらいって……ずっといるつもりだ。それが何か？」

周一郎も負けじと言い返す。

「そうですか……このへんは意外と物騒でね。夜道には気をつけてくださいよ。いつ何どき、鉄砲玉が飛んでこないともかぎらない」

「………」

「では……桃花ちゃん、また来るから」

柳瀬は桃花にかるく手を振って、マッサージルームを出ていく。脇を通り抜けるとき、マッサージオイルとは違う男物のコロンの甘い香が鼻をかすめた。

男の姿が見えなくなると、周一郎は体中の力が抜けた。

「やっぱり、柳瀬さんは『石黒』の人なんですか？」

「ああ、そうだ。それ以外考えられない」

「あんなこと言って大丈夫ですか？　あの人、ヤクザさんでしょ？」

桃花が心配そうに声をかけてくる。

「平気だよ。向こうの魂胆は見えているから。ここのマッサージをやめさせたいんだ。それだけ、『石黒』も脅威を感じているってことだから」

桃花には、『石黒』が『鶴の湯』を買収してスーパー銭湯を作りたいから、妨害工作をしていることは話してあった。

「それより、桃花のほうこそ気をつけろよ」

「はい、平気です。それに、あの人は桃花には悪いことはしないと思います」

「やけに自信たっぷりだな。何かあるのか？」

「ふふっ、手で一本抜いてあげましたから。あの人のアソコ、真珠が入っているんですよ」

桃花の口調には、屈託がまったく感じられない。この天真爛漫な明るさがあるから人気者なのだ。

（お前、いつも男にそうしてやっているのか？）

と聞きたくなったが、やめた。自分もしていることであり、それは暗黙の了解でもあった。

「とにかく、事情を話して、柳瀬を『鶴の湯』に入れないように、番台に言っておくよ。そのほうがいいだろ？」

「はい……そうしてもらったほうが安心できます」

「よし。じゃあ、戻るからな。あと二時間、頑張れよ」

周一郎がマッサージルームを出ると、すでに次の番の中年男が下半身にタオルを巻いて、桃花のマッサージを待っていた。


その日から、外を歩いていても、周囲を気にせずにはいられなくなった。

実際に周一郎を襲い、犯人が明らかになれば、困るのは向こうだから、あれは柳瀬の脅しだ。そうは思うもののやはり怖い。

だが、脅しに屈していては、男として失格だ。

それに幸い今のところ、『鶴の湯』への妨害工作は行われていない。客が脅されたという話も聞かない。

柳瀬もあれから、銭湯には顔を出していない。

その日は月曜日で『鶴の湯』は休みで、由布子を除く全員に出かける予定が入っていた。

美佳は父親の墓参りに、靖男は例のごとく競艇に、桃花は友だちに会いに東京へと戻り、そして、周一郎も景色のいい森林公園まで足を伸ばして、ひさしぶりに骨休めをするつもりだった。

いざというときのために、スタンガンを取り寄せていた。仮に襲われてもこれで撃退すればいい。

周一郎は由布子に留守番を頼んで、拝借した車を駆って名所のひとつでもある森林公園に出かけた。

車を駐車場に停め、高台に立って、山の裾野にひろがるK市を眺める。雲が散った青空のもとに低い街並みが連なり、大きな川が町の東南を流れているのが見える。

（いいところだ。いっそのこと、ここに居つくというのも手だな）

この町にふらりと流れ着き、ひょんなことで『鶴の湯』に厄介になって二カ月。周一郎はいつしかこの町が好きになっていた。

緑の勢いが強い山々の景観を愉しんでいると、頭がくらっとした。

あわてて、近くにあった四阿《あずまや》のベンチに腰をおろす。

車を運転しているときから、体がなんとなくだるかった。喉がいがらっぽいし、頭もぼんやりしてきた。

夏風邪を引きかけているのかもしれない。このところのハードワークと、絶えず気を張っているせいで、疲れが出ているのだ。

明日からまた仕事が待っている。風邪を客にうつすわけにもいかない。

(帰るか……)

留守番をしている由布子には、帰りは夕方近くになると伝えておいたが、ここで無理をして本格的に風邪を引いたら、かえって迷惑をかける。

(よし、早く帰って体を休めよう。薬を飲んで眠ればなんとかなるだろう)

そう決めて、周一郎は立ちあがった。

駐車場に停めてある車に乗り、キーをまわす。

二十分ほどして『鶴の湯』に着いたときは、出発してまだ一時間半も経っていなかった。

駐車場で見たことのないシルバーの高級外車を発見して、オヤッと思った。

玄関には施錠がしてあったが、何かあるといけないからと、周一郎は鍵のひとつを渡されていた。鍵を開けて母屋《おもや》に入ると、玄関にいかにも高級な男物の革靴が脱いである。

高級外車におしゃれな男物の革靴……いやな予感がした。

入ってすぐのところにある客間やリビングを見ても、人影はない。

おかしいなと思って廊下を歩いていくと、靖男夫婦の部屋から、

「いやぁぁ、許して……」

と、女の声が聞こえる。

由布子の声だった。そしてその悲鳴に似た声が、じつは女が閨《ねや》の床で出す声であることに気づいてもいた。足を止めて、聞き耳を立てた。

「いやっ、あうっ！」

「どうした、もう弱音を吐くのか？」

「……ああ、だって」

パシッと女を叩く音がして、由布子の悲鳴が噴きあがる。

男がいるのだ。そしておそらく、由布子はその男から責めたてられている。しかも、おそらく性的な方法で。

そして、男の声には聞き覚えがあった。さっき頭に浮かんだあの男だった。

(しかし、あいつがなんで由布子さんと？)

どうしても確かめたくなった。ここに泊まった初日に夫婦の閨を覗き見したから、部屋を覗く方法はわかっている。

2

周一郎は足音を忍ばせて、隣室に入っていく。あのときのように椅子を境の壁の前に持ってきて、慎重にあがった。

龍の透かし彫りの欄間から顔をのぞかせると……。

真っ先に目に飛び込んできたのは、立っている男の背中だった。

そして、全裸の男の筋肉質の背中から尻にかけて、群青《ぐんじょう》色を背景にところどころに赤の色が散る二頭の龍が躍っていた。

（刺青《いれずみ》か……）

周一郎も刺青を彫った客を相手にマッサージをした経験があるから、初見《しょけん》ではない。今まで目にしたタトゥーのなかでもそれが上質の部類に入ることくらいはわかる。

男の怜悧《れいり》な横顔が見えたとき、やはりと思った。

柳瀬だった。

そして、柳瀬の向こう側に、一糸まとわぬ姿の由布子がこちらに背中を向けて立っていた。その両手は赤いロープでひとつにくくられ、和室の境をなす鴨居にかけられている。

（どういうことだ……なぜ、柳瀬が由布子さんを？　そして、この格好は？）

いっこうに状況を把握できない。真っ昼間に繰り広げられている異様な情事に、驚きとともに強烈な衝撃を受けて、体が固まってしまう。

だが、由布子が襲われているのではなく、自ら進んでこうしていることくらいは雰囲気でわかる。

そのとき柳瀬が由布子に近づき、背後から抱くようにして乳房を鷲づかんだ。

「あぅぅぅ……堪忍《かんにん》して」

「堪忍だと、笑わせるな……だいたいお前、最近、太ったな。楽してるんじゃないのか？」

柳瀬がもう片方の手指を豊満な尻に食い込ませた。

「あうぅぅぅ……ゴメンなさい」

「あの二人を雇って、懐が温かくなったか？　余裕ができたか？」

「違うわ。儲けは、うちのがボートで使ってしまうもの」

「甲斐性のない亭主を持つと、苦労するな。最初から俺のところへ来れば、もっとかわいがってやったのに」

耳元で囁きながら、柳瀬は乳房を揉みしだき、尻たぶを撫でまわしている。

二頭の昇り龍を浅黒い肌にまとった男が、抜けるように色が白い女体を包み込むようにして、愛《め》でている。

周一郎はまるでヤクザ映画を観ているような光景に目を奪われる。

柳瀬は尻を撫でていた手を、尻たぶの底に走らせた。二本の指が狭間に姿を消すのが見える。

「はうっ……！」

由布子の裸身がのけぞり、鴨居にかけられている赤いロープがギシッと鈍い音を立てて鳴った。

「とろとろじゃないか。指が火傷する。そんなに俺が恋しかったか？」

「はい……ずっと待っていたわ。あなたをずっと、ずっと……」

「今の言葉を、亭主に聞かせたいよな。俺が伝えてやろうか」

「……許して。それだけは許して」

「さあ、どうするかな？」

柳瀬は焦らしながら、片手で乳房を揉みしだいている。

「お願いします。二人のことは黙っていてください」

「だったら、言うことを聞くんだ。わかったな？」

「はい……由布子はあなたの奴隷《どれい》よ。好きなようにして」

「その言葉、あのバカ亭主に聞かせてやりたいよ」

柳瀬は、由布子の裸身を背後から抱くようにして、尻たぶの底を指でかきまわす。激しく抜き差しされて、

「あっ……あっ……くぅぅ」

由布子は縛られた両手の指で縦に走るロープを握りしめて、びくん、びくんと裸身を震わせる。

柳瀬は尻たぶの底から指を抜いて、由布子の目の前に突きつけた。

「ほら、どうなってる？」

「ああ、あれがいっぱいついている。恥ずかしいわ」

「恥ずかしいだと……自分のしていることを考えろ。よく、そんなかわいげな台詞《せりふ》を吐けるな。オラッ、舐めろ」

二本の指をぐいと口に突っ込まれて、由布子はぐふっと噎《む》せた。

それから、まるで愛《いと》しいものでも舐めるように、舌をからませる。

「どんな味がする？　生臭いか？　死んだ魚の匂いがするだろ？」

言われて、由布子はそれは違うとでも言いたげに首を振った。

「コラッ！　きちんとしゃぶれよ」

波打つ黒髪をつかまれて、由布子の顔があがる。

のけぞった顔の中心の開口部に、たてつづけに指が押し込まれる。かなり奥まで差

し込まれているのか、由布子はえずきながらも懸命に咥えている。

涙が一筋、ツーッと頬を伝うのを見ると、可哀相になった。なのに、周一郎の分身は頭をもたげて、ズボンを突きあげる。

これが、二人の関係なのだ。

周一郎は先日、由布子を相手にしたときのことを思い出していた。あのときも由布子はマゾ的なところがあった。どういう経過かは知るよしもないが、由布子は結婚後に柳瀬と出会い、仕込まれ、柳瀬抜きではいられない身体になってしまったのだ。相手は敵対する『石黒』の息がかかった男だというのに。

柳瀬は前にまわって、乳房にしゃぶりついた。

形よくふくらんだ量感あふれる乳房を左手で揉みしだきながら、乳首を舌であやす。翻弄しながら、右手を下腹部におろしていき、太腿の奥にずぶりと差し込んだ。

リストを利かせてリズミカルに指を叩き込み、乳首を吸う。

由布子の気配が変わった。

「ぁああ、はあうぅぅ……くうぅぅ……」

立っていられないという様子でロープに身を預け、くなり、くなりと切なそうに尻を振る。

その姿を見ていると、先日の由布子とのセックスが思い出され、股間のものがいっそう力を漲らせる。ごく自然に右手がズボンのなかに入り込んでいた。じかに握ると、それは熱いと感じるほどに勃起している。

「ああ、柳瀬さん、欲しい。それが、欲しい……」

由布子の視線が、柳瀬の股間に落ちた。

つられて、周一郎もそれを見た。

密林のなかから、なんとも異様なものが聳《そび》え立っていた。周一郎の位置からも、天井を向く茶褐色の大筒の表面がところどころ凸凹《でこぼこ》しているのがわかる。

これが桃花の言っていた真珠入りのマラなのだ。周一郎は女ではないからはっきりとはわからないが、こんなおぞましいものを突っ込まれたら、たまらないのではと思った。

「堪え性のない奥さんだな。前からと後ろからと、どちらがいい？」

「……ああ、後ろからお願いします」

殊勝に答える由布子は、普段の勝気な由布子とは別人のようだ。

柳瀬は後ろにまわって、脂《あぶら》ののった丸々とした尻を引き寄せた。

女体がくの字に曲がり、鴨居から伸びたロープがぴんと伸びる。

柳瀬が膝を曲げ、長大なマラを押し当てて、腰を入れる。

「うはっ……！」

ロープがぎしっと軋み、由布子の背中が弓なりに反った。

まだ動かしてもいないのに、由布子はがく、がくと震えている。その姿だけで、真珠入りマラの威力が周一郎にもわかった。

だが、柳瀬は動かない。まるで、射止めた獲物の断末魔を愉しんでいるようにじっとしている。

「ぁあああ、欲しい……突いてください。お願い」

色白の裸身を朱に染めて、由布子はせがむように腰を前後に打ち振る。

「言われたことをきちんとするんだぞ。わかっているな？」

「はい……します。きちんとします」

柳瀬が腰をつかいはじめた。尻をつかみ寄せながら、腰を尻に静かに打ち据える。

周一郎の位置からも、イボマラが尻たぶの底を押し広げていくのが見える。乾いていた肉柱がたちまち蜜で濡れて、おぞましいほどにぬめ光っている。

柳瀬が全身を躍動させると、尻に彫られた小さいほうの龍が命を吹き込まれたように躍った。

そして、女らしい丸みを随所にたたえた女盛りの裸身が、そのひと突き、ひと突きに応えて、身悶えをする。

「あっ……あっ……あうぅぅ……イッちゃう。もう、イッちゃう」

由布子が縦に走るロープを握って、うつむいたまま訴えた。

「ダメだ。まだ、イクのは早い」

柳瀬はあっけなく腰を引いて、肉棹を引き抜いた。

「あああぁ……いやぁぁぁ……いや、いや、いや」

由布子が好物を取りあげられた子供のように、駄々をこねる。

「うるさい！」

ビシッと尻を平手打ちされて、由布子の動きが止まった。

3

周一郎は動けなかった。肌絵をまとった男が女をもてあそんでいる。その姿にどこか魅了されている自分がいた。

ロープを解いて床に由布子をおろすと、柳瀬は赤い縄で女体を縛りはじめた。ロープを首の後ろに通して、二本の赤い縄を前で編んでいく。

幾つも結び目を作り、二本の縄を股に通して背中に引きあげる。首の後ろの縄に通して引きおろし、それを前にまわして、ロープの内側に通し引っ張った。

瞬く間に女体の前面に幾つもの菱形《ひしがた》ができる。まるで手品を見ているようだ。

由布子はうつむいて身を任せているのだが、時々顔をあげるその表情がどこかうっとりしていて、自分の身体が縄化粧されていくのに酔っているようだ。

縛られることに悦びを見いだす女がいると聞いたことがある。由布子がそうなのかもしれない。

もともとこういう性癖であったのか、それとも、柳瀬が仕込んだのか？

自分が覗き見という禁じられた行為をしていることはわかっている。だが、そんな気持ちさえ忘れて、周一郎は異様な光景に見入った。

柳瀬は最後に、由布子の腕を前で合わせ、手首のところをくくった。

「しゃぶってもらおうか」

命じられて、由布子は前にしゃがんだ。

仁王立ちになった柳瀬の猛《たけ》りたつ肉柱を、ひとつにくくられた手指で下から捧げ持ち、まるで、神に祈るように太棹を包み込み、ゆっくりとしごいた。

それから手を外して、いきりたつものに頬を寄せる。愛蜜でぬめるイボマラに頬擦りする。

男のシンボルが愛しくてしょうがないといった仕種に、周一郎も感じるものがあって、握りしめている分身がびくびくと頭を振った。

由布子は亀頭部についばむようなキスをする。赤紫色のマッシュルームに窄《すぼ》めた唇を何度も押しつけ、ひとつにくくられた手指で皺袋を持ちあげるようにあやしながら、柳瀬を見あげる。

（女はこんなにもかわいくなるものなのか……）

日常の由布子を知っているだけに、閨の床で見せるそのいじらしい姿が、周一郎の胸を打つ。

それから、由布子は肉棹に舌を走らせた。ところどころに丸く盛りあがったイボマラを舐め、横咥えする。

付け根から、血管のうねりに沿って舌を上昇させ、亀頭冠の張り出しを舌で弾く。

今度は頬張って、長大なものを根元まで咥え込む。つらそうに眉根を寄せながらももっとできるとでも言いたげに、さらに奥まで招き入れた。

いったん吐き出して、次は亀頭冠を中心に唇をすべらせる。自分の淫蜜が付着しているのも厭《いと》わず、情熱的にしゃぶっている。

（自分はこれほど愛情を込めてフェラチオされたことがあるんだろうか？）

ないような気がする。こんなふうに愛されたら、どれほど素晴らしいだろう。

そのとき、脳裏に浮かんだのは、美佳の顔だった。

今の状態では、美佳にフェラチオしてもらうなど到底無理だ。それがわかっていても、密《ひそ》かにそれを願わずにはいられない。やはり、自分は美佳に惚れているのだ。

「ふふっ、かわいいぞ、由布子。じっとしていろよ」

柳瀬は両手で由布子の顔を挟み付けると、腰を前後に振りはじめた。

由布子の形のいい唇を、野太いイボマラがずぶっ、ずぶっと犯していく。そして、由布子は眉根をひろげ、うっとりとして凌辱を愉しんでいる。

その、身を心もあなたに捧げます、という風情が周一郎をかきたてる。

柳瀬が腰の角度を変えたので、肉棹の先が頰の内側を突いて、由布子の頰がぷっくりとふくれあがるのが見えた。大きな飴玉でもしゃぶっているような頰のふくらみが、抜き差しとともに移動する。

ととのった顔が醜《みにく》くゆがむのを、由布子もわかっているはずだ。なのに、いやがるところは微塵《みじん》も見せずに、ただただ身をゆだねている。

「変わったな、お前も。俺仕様の女になった」

柳瀬が満足そうに言った。

「二年前、俺がいやがるお前を力ずくで犯したとき、お前は俺をののしった。それが、今はどうだ？　うれしそうにしゃぶって……オラッ、こっちを見ろ」

叱咤《しった》されて、由布子が顔をあげた。口腔を犯されながらも、とろんとした目を向けている。

「俺が好きか？」

由布子は咥えたまま、うなずく。

「俺についてくるか？」

由布子はまたうなずく。

「お前と一緒になってもいいと思っている。そのためには、早くこのボロ銭湯をうちに売らなくてはな。うちがここを買収できたら、お前はあのバカ亭主と別れて、俺と一緒になれるんだ。そうしたいだろ？」

由布子がまたまたうなずいた。

（そうか、そういうことか。柳瀬は由布子さんをそういう目的で……）

周一郎が啞然としているうちにも、柳瀬は由布子の口から肉棹を引き抜いた。

「待ってろ」

柳瀬は置いてあったバッグから、赤い布を取り出した。それを細長く畳んで、由布子の目にあたる部分にまわして、後ろできゅっと結ぶ。

「見えるか？」

「いいえ、見えません」

「よし、そこに這え」

命じられて、由布子は手さぐりで、畳に敷かれていた布団に這った。

ひとつにくくられた手を肘まで突いて、尻を後ろに突き出す。

赤い縄が幾重にも巻きついた背中をしならせ、二重になった股縄が食い込んだ尻をいっぱいにせりあげる。

柳瀬はバッグから様々な道具を取り出して、楕円体のカプセルを手にした。それがパールローターと呼ばれる大人の玩具であることくらいは、周一郎にもわかった。ピンクのカプセルを、柳瀬は股縄をひろげて、その狭間に押し込んでいく。

「うっ……ぁああうぅぅぅ」

楕円体が恥肉にちゅるんと呑み込まれると、由布子は顔を撥ねあげて喘いだ。女陰からピンクのコードが伸びて、コントローラーを柳瀬が持っている。柳瀬が円形スイッチをねじると、ヴィーンという高い音がして、

「あうぅぅぅ……響いてきます」

由布子が気持ち良さそうに裸身をよじった。

柳瀬は小さな容器をつかむと、股縄をひょいとずらし、容器から透明な液体を尻たぶの谷間に垂らした。

それを尻の間に塗り込んでいる。その光沢とぬめ光る様子からそれがローションであることがわかった。どうやら、ローションを尻の孔に塗っているようだ。

（ということは……アナルセックスをするつもりなのか？　いや、だけど、あんな巨大なイボマラを尻の孔に入れたら、裂けてしまうんじゃないか）

と思いを巡らしている間にも、柳瀬は指をアナルに押し込んだ。男の中指が尻の窄まりに姿を消して、

「うっ……！」

由布子が顔を撥ねあげる。

「相変わらずだな。きゅんきゅん吸い込んで、指がもぎとられそうだ」

「ぁああ、動かさないで」

「そうら、こうするとぐにぐにしたものがからみついてくる。なんだ、これは？　直腸か？　それとも、排泄物がここまで降りてきているのか？」

言いながら、柳瀬が指を動かしているのが見える。

「ぁあぁぁ、いや……ダメっ……」

最初はいやがっていた由布子だったが、しばらくすると、吐息に甘いものが混ざってきた。

「ぁあぁ……ぁあぁ……気持ちいい。落ちてく……お腹が落ちてく」

後ろにせりだした丸々とした尻が、指の動きに合わせてうねりはじめた。

「どうした？　もっと太いものが欲しくなったか？」

「あうぅ……わからない。へんなの……ああんん、ください」

由布子は腰をぐいと後ろに突き出した。

「前の孔ばかりか、後ろの孔にも欲しがる。貪欲な女だな。自分でもそう思うだろ？」

「ああ、言わないで……ぅううぅぅ」

柳瀬は中指をアナルから抜いて、その匂いを嗅いで顔をしかめた。

それから、自らの猛りたつものにスキンをかぶせる。長大なイボマラにスキンをくるくるとかぶせ、そこにローションを垂らして塗り付ける。

その間も、由布子は腰をもどかしそうに振って、挿入をせがんでいる。

柳瀬はいきりたつものを尻たぶの狭間に導くと、切っ先がすべらないように指を添えて、慎重に腰を入れていく。

ちょうど真横を向いていたので、周一郎にもおぞましい太棹が女の尻の孔をうがっていくのが見えた。

亀頭部をおさめるのには難渋していたが、いったん嵌《は》まり込むとあとはいとも簡単にめり込んでいく。

「くあぁぁ……！」

由布子の断末魔に似た声が迸《ほとばし》った。

「ぁあああ、ダメっ……出ちゃう。お願い、動かさないで」

「出してしまえばいいだろう」

「ダメ。今日はお浣腸していないもの。だから、ダメ」

「俺は、お前があれをひりだすのが見たいんだよ」

柳瀬が腰をつかみ寄せて、腰を打ち振った。

野太い肉棹が尻の孔にずぶっ、ずぶっと埋め込まれていくのが、周一郎にもはっきりと見えた。

由布子が可哀相だった。だが、そう思ったのも一瞬で、

「くうぅぅ……ぁあああぁ、ああ……いいの。気持ちいい……くうぅぅぅぅぅ」

と、由布子の快楽の声を耳にすると、男の劣情がうねりあがってくる。

柳瀬はパールローターのコントローラーをつかんで、調節しながら腰をつかう。

肛門の襞がイボマラの抽送につれて、めくれあがっている。

周一郎もアナルセックスを現実に目にするのは初めてだった。自分もしたことはない。一度、当時の恋人に試みたのだが、あまりにも痛がるので挫折した。

(いざとなれば、肛門もあんな太いものを受け入れられるんだな)

などと感心していると、由布子が前に突っ伏していった。

腹這いになった由布子の背中に覆いかぶさるようにして、柳瀬はなおも太棹を尻の間に打ち込んでいく。

すごい光景だった。

背中から尻にかけて一面に、親子龍の肌絵を入れた男が、女に覆いかぶさって尻を犯している。

藍《あい》色と水色に赤の模様の肌絵をまとった男が動くと、龍が生き物のようにうごめいた。そして、縄化粧された女の白いもち肌はしっとりと湿って、ところどころ桜色に染まっている。

まさに、美女と野獣の構図だった。

柳瀬は右手を由布子の顎にあてて、由布子をのけぞらせながら、自分は足でシーツを蹴るようにしてぐいぐいと打ち込んでいる。

本来ならやめさせるべきだが、圧倒されて、とても止めようという気にはなれない。そして、周一郎のイチモツは痛いほどに勃起していた。

「気持ちいいか？」

腰を律動させながら、柳瀬が聞いた。

「はい、はい……気持ち良すぎておかしくなる」

「そんなに気持ちいいなら、このまま出してもいいんだな」

「ああ、それはいや……前に。前に入れてください」

由布子が哀願する。

「前？　前って、どこのことだ？　わからんな。口か？」

「ああ、違います。アソコよ」

「アソコ？　はっきり言わないとわからないな」

「……オ、オマ×コです」

由布子がぼそっと答えた。

「聞こえないな。もっとはっきり」

「ああ、オマ×コよ。由布子のオマ×コに入れてください」

「何を？」

「オチンコよ。あなたのオチンコよ……ああ、いやっ」

由布子は顔を枕に埋め込んで、羞《は》じらった。

柳瀬が腰を引いて、尻から肉の棍棒を抜いた。

由布子を仰向けにさせると、膣からローターを引っ張りだして、それを今度は尻の孔にねじこんだ。

柳瀬はいきりたちから汚れたスキンを外すと、由布子の膝をすくいあげながら太棹を打ち込み、その足を肩にかけた。そのまま前に屈んだので、由布子の裸身が腰から折れる。

「あうぅぅ……すごい……貫かれているわ。あなたに貫かれているの、お臍まで届いてる」

ひとつにくくられた手を枕に載せて、両腋をさらした由布子が感極まった声をあげる。

「臍まで届いてるか？」

「ええ、わかるの。届いているのがはっきりわかる」

そう言う由布子は目隠しをされ、赤い鉢巻きのような布が真一文字に横に走っている。そして、身体の前面には幾つもの菱形が編み込まれているのだ。

そんな女体を上から眺めている周一郎は、妖艶な女の美に圧倒されていた。

柳瀬が腰をつかいはじめた。

両足を肩に担いで、屈み込みながら、上から打ちおろしていく。

刺青をしていると汗腺がつぶれて汗をかかないというが、どういうわけか柳瀬の背中に張りついた肌絵はしっとりと湿り、それが動くと妖しい光沢を放つ。

龍の透かし彫り越しに見る禍々《まがまが》しい刺青と、組み敷かれた女の白い肌のコントラストが、周一郎の心の底に潜む何かを引きずりだす。

こんなことをしてはいけないと自分を責めつつも、周一郎はギンギンになった分身をしごいていた。

「一生、俺についてくるか？」

「はい、ついていきます」

「そうか……そのためには自分がどうしたらいいか、わかっているな？」

「ええ……わかっているつもりです」

「期待してるぞ」

柳瀬がふたたび腰を打ちおろしはじめた。両足を後ろに伸ばし、体重を切っ先に乗せるようにして、刺青の入った尻を躍らせる。

「あんっ、あんっ……感じる。目が見えないと、あなたをすごく感じる。突き刺さってくる。心臓まで突き刺さってくるわ」

「そうら、イカせてやる」

柳瀬の腰振りが激しさを増した。

「あんっ、あんっ、あうぅぅぅ……いい。いい……落ちる。落ちちゃう」

由布子が頭上に伸ばした手で、枕をつかんだ。

両方の腋窩《えきか》をのぞかせたあられもない格好で、くくっと顎をせりあげる。

「そうら、イケ」

「はい、はい……ぁあぁぁぁぁ、壊して。もっと壊して」

柳瀬がつづけざまに腰を振りおろすと、

「くる、くる、くるぅ……やぁああぁぁぁぁ、はうっ！」

由布子はのけぞりかえって、がくん、がくんと震えた。

同時に、柳瀬が腰を打ち据えながら唸った。呻きながら、尻を震わせる。

二人は気を遣った。

周一郎も射精はしていなかったが、先走りの液が精液のようにあふれだして、指を濡らしていた。動けなかった。ひたすら気配を殺している。

その間に、二人は離れて、柳瀬が布団にうつ伏せになった。しばらくして、由布子がにじりよった。

妖しくぬめる刺青の背中に顔を預け、

「冷たいわ。他のところは温かいのに、ここだけは冷たい……まるで、柳瀬さんみたい」

幸せそうに言って、由布子は二頭の龍に頬擦りした。

第六章　花ひらく聖女

1

周一郎は悩んでいた。

美佳の兄の妻が、『石黒』を陰で支える組員と通じていて、『鶴の湯』を売るようにそそのかされているのだ。由布子はスパイの役割も果たしているだろうから、『鶴の湯』の情報は『石黒』に筒抜けのはずだ。

兄嫁の不義密通を美佳に、もしくは夫の靖男に教えるべきか、どうか。

そんなとき、『鶴の湯』の経営を妨害するようなことがたてつづけに起こった。

突然、釜が故障して、風呂を沸かせなくなった。マッサージルームの予約がダブルブッキングして、客が怒って帰っていった。予約を受けたのは由布子だった。

そして極めつけは、『鶴の湯』のお湯が大腸菌に汚染されていて、お湯に入った女性が膀胱炎《ぼうこうえん》になったというデマだった。

一時は増えた客が、まるで潮《しお》が引くように減っていった。

確証はないが、おそらく、すべて由布子がしたことだろう。

閨の床で、柳瀬と交わした約束を、由布子は忠実に実行に移しているのだ。

周一郎は、二人の関係を美佳に教えるかどうか迷っていた。

その夜、最後の客が帰り、周一郎は由布子とともに男湯の清掃をしていた。ケロリン桶《おけ》を消毒液に漬け、周一郎はタイル張りの床にデッキブラシをかけている。

由布子は屈んで、浴槽の湯垢を取っていた。

さっきから、由布子の姿が気になって仕方がない。というのも、由布子はなぜか膝上二十センチのミニスカートを穿いていたからだ。この前、美佳がやっていたように浴槽の前に屈んで、湯船の壁面を擦っているので、こちらに向いた尻が大変なことになっていた。

ミニスカートがたくしあがり、ぷりぷりした尻が見えている。

パンティを穿いていないらしく、むっちりとした尻たぶがほぼ全部露出していた。

しかも、必要以上に腰を折り、尻を突き出していて、わざと見せつけているとしか思えないのだ。

湯船の壁面を擦り、尻をこちらに向かってせりだしていた由布子が、突然右手を腹のほうから潜らせて、女の苑《その》に指を添えた。そのままV字に開いたので、珊瑚色のぬめりがぬっと現れた。

周一郎のデッキブラシを使う手が、一瞬にして止まった。

「ねえ、尾崎さん、して……」

媚《こび》を含んだ口調でこちらを向いて、由布子はくなっと腰をよじる。

「い、いや……マズいでしょう」

「どうして？　今夜はなんだかここが疼いて仕方ないの。火照りを鎮めてくださらない？」

湿った声で言って、腰をくなくなと揺する。

すると、珊瑚色の内部が明るい照明を反射して、キラキラと光る。

周一郎のイチモツは一気に力を漲らせる。だが、ここで誘いに乗ってしまっては、由布子の思う壺だ。

「いや、やめておきましょう」

「どうして？」

由布子が身体を起こして、こちらに近づいていた。年齢にふさわしくないタンクトップを着ていた。リブ素材の白いタンクトップをたわわな胸のふくらみが押しあげ、頂上には茶褐色の色と突起が透けだしている。

「どうしてって……この前、一回だけだって。ご主人がいるんだから」

タンクトップの胸元からのぞく風船のようにふくらんだ乳房に視線を奪われながらも、周一郎は必死に理性を保つ。

「あんな亭主、もう別れてもいいいと思っているの」

言いながら、由布子は周一郎の短パンの股間に右手を伸ばして、やわやわと撫でてくる。

「わたし、尾崎さんと一緒になってもいいと思っているのよ。ここを出て、どこかで店を持ちましょ。尾崎さんほどの人がこんな潰れかけた銭湯にいつまでも執着しているのは、もったいないわ。ここを出て、一緒に住みましょうよ。わたし、あなたに惚れたみたい……だから」

由布子は前にしゃがんで、周一郎の短パンを押しさげた。いきりたつものがぶるんと転げ出てきて、周一郎はあわててそれを隠す。

「ねえ、そうして……」

艶かしく見あげて、由布子は猛りたつものに口を寄せた。

「やめなさい！」

ぎりぎりのところで理性を働かせて、周一郎は由布子を突き放した。

由布子の魂胆はわかっている。上手いことを言って、周一郎をここから出ていかせたいのだ。もちろん、一緒になる気などあるはずがない。すべて、この銭湯を廃業に追い込み、『石黒』に買収させるためだ。

「どうして？」

由布子が不思議そうに周一郎を見る。この美貌でこの肉体である。これまで、男を誘惑して拒まれたことは一度もないに違いない。

「どうしてって……」

周一郎は、柳瀬との関係を問い詰めるときが来たと思った。それを口にしようとしたとき、

「お義姉《ねえ》さん、こっちは終わりました。手伝いましょうか？」

女湯から、美佳の声が聞こえた。

「大丈夫よ。こっちもそろそろ終わるから」

由布子がとっさに答えて、立ちあがった。

「今のこと、考えておいてね。本気よ」

そう言い残して、由布子は浴槽のほうに戻っていく。

由布子が自分をここから離れさせるために誘惑してきたことは確実である。おそらく、この前、周一郎を誘ったのも、肉体で陥落させて、いざというときのために味方につけておきたかったのだろう。

惚れた男のためならどんなことも厭わない……周一郎は女の哀《かな》しさを感じて、胸が締めつけられた。


そして、数日後に事件は起きた。

鶴本家と周一郎がダイニングで昼食を摂っていると、暴力団員風の男二人が乗り込んできた。スキンヘッドの体格のいい男と、若い小柄な男だった。

二人はダイニングにずかずかと入ってきた。スキンヘッドが靖男を見て、

「鶴本靖男さんだね」

契約書のようなものをテーブルに出した。

それを見た靖男の顔が引きつった。

「返済期限をとっくに過ぎているんだよ。一千万、耳を揃えて返してもらおうか」

スキンヘッドの言葉に、周一郎は唖然として靖男を見た。

「申し訳ない。もう少し待ってくれ」

と、靖男が今にも泣き出さんばかりの顔で頭をさげた。

「お兄ちゃん、どういうことよ？」

妹の美佳に問い詰められて、靖男がぽつりぽつりと事情を話しだした。

どうやら、こういうことらしい。靖男は賭け事に嵌まり、消費者金融から金を借り

た。多重債務に陥って、にっちもさっちもいかなくなり、タチの悪い闇金融でその分を一括で借りて、消費者金融に払った。その結果、法外な利子がかさみ、とうとう一千万の大台に乗った……。

美佳も周一郎も青くなった。だが、由布子だけはさほど驚かなかったところを見ると、すでに承知していたのだろう。わかっていて、夫の蛮行を止めなかったのだ。

「必ず返す。だから、もう少し待ってくれ。頼む」

靖男がふたたび額をテーブルに擦りつけた。

「返すあてがあるのかい？　ボートで一攫千金《いっかくせんきん》か？　甘いな、あんた。あんたみたいに切羽詰まった男が賭けたって、的中するわけがねえんだよ。大穴なんてもんはな、余裕こいた奴が遊びで買って、初めて当たるもんなんだよ」

スキンヘッドがもっともらしいことを言う。

「忘れてないよな。あんたは『鶴の湯』を抵当に入れて借金しているんだからよ」

その台詞に美佳も周一郎も、ハッとして靖男を見た。

「ほんとうなの、お兄ちゃん？」

「悪いかよ？　ここは俺がオヤジから受け継いだんだよ。自由にしてどこが悪いんだ？　こんなボロ銭湯、くれちまったほうがすっきりするだろ」

居直ったのか、靖男がまさかのことを声高《こわだか》に言う。

それを聞いた美佳の唇が震えはじめた。

「お兄ちゃん、最低よ！」

靖男に怒りをぶつけると、美佳は足をもつれさせながら部屋を出ていってしまった。

「ああ、あんな別嬪《べっぴん》の妹さんまで怒らせちまった……あんた、どこまでいってもどうしようもねえクズだな」

スキンヘッドの言葉に、周一郎も同意したくなった。

明らかに怯えている靖男が、声を振り絞るように言った。

「頼む。あと十日待ってくれ。それまでに何とかする。それで返せなかったら『鶴の湯』をくれてやる。それで文句ないだろ」

「ほう……確かに聞いたぞ。いいだろ、あと十日待ってやる。それで払えなかったらこの銭湯を譲り渡してもらう。雀《すずめ》の涙だけ払って、誤魔化そうとするんじゃねえぞ。十日後に、一千万きっちりと耳を揃えて返してもらうからな。いいんだな？」

靖男が不承不承《ふしょうぶしょう》うなずいた。

「オラッ、行くぞ」

スキンヘッドは舎弟分をせかして、ダイニングを出ていく。やがて、玄関の戸が閉まる鋭い音が聞こえた。

あの二人はおそらく『石黒』の息がかかった者だろう。靖男の借金がかさんでいることを由布子からの情報で知り、『石黒』の配下の闇金融に接近させたのだ。

そして、靖男は甘いことを言われてまんまと策略に乗り、闇金融から大金を借りてしまった。おそらく、『石黒』は最初から靖男が返せないと踏んで『鶴の湯』を抵当に入れさせたのに違いない。

汚いやり方だ。だが悪いのは、『石黒』につけいる隙を与えた靖男だ。

靖男はと見ると、さすがに意気消沈しているのか、うつむいて顔をあげようともしない。そして由布子は、

「ここまで来たらしょうがないわよ。銭湯を渡しましょ。それで、なんとかなるんでしょ？」

などと、追従するようなことを言う。

由布子にとっては思惑どおりだろう。銭湯を渡せば、自分は柳瀬と一緒になれるのだから。離婚して、柳瀬の元に走るつもりなのだ。

温厚な周一郎もさすがにカチンときた。

「靖男さん、それでいいのか？」

「仕方ないだろ。だけど、今週は競艇の開催があるから、一千万くらいなんとか……」

「いい加減にしろ！」

怒り心頭に発して、周一郎はテーブルを叩いて立ちあがった。靖男がびっくりしたように目を剝く。

「な、なんだよ。あんた、使われている身で、失礼じゃないか」

「あんたの父親は臨終間際に、あんたらにここを『石黒』に渡さないように頼んだんだろ。父親はあいつらに殺されたんじゃないのか？　違うのか？」

「……そんなことは、あんたには関係ない。家庭の事情に首を突っ込まないでくれ」

靖男が怒りの矛先をかわすように言う。

(ここまで頑張って『鶴の湯』を盛りあげたのに、この言い分か)

とうとう、堪忍袋の緒が切れた。

「黙っているつもりだったが、もう我慢ならない。いいか、よく聞けよ。あんたの横にいるその女、その女は『石黒』の組員とできているんだぞ」

靖男がエッという顔をして、由布子を見た。

「組員の名前まで知っている。柳瀬という男だ。ちょくちょくここにも来ているから、あんたも顔を覚えているだろ？」

「あいつが？　まさか……由布子、違うよな？」

「もちろん。この人、何を突然言い出すの？　頭がおかしいんじゃない」

由布子が恥知らずにすっとぼける。

「この前、この人が留守番をしている日があっただろ？　あのとき、私は体調が悪くてすぐに帰ってきた。そこで見たんだよ。由布子さんと柳瀬が部屋で乳繰《ちちく》り合っているのを。さんざん、自分の亭主のことをバカにしながら、柳瀬に抱かれて悦んでいた」

「ウソだろ？　ウソだよな。お前があんな男に抱かれるわけがないもんな。あんなやつ、ただのスケコマシ野郎じゃないか」

靖男が、由布子をすがるような目で見た。

柳瀬のことを悪しざまに言われて、むかついたのだろう、由布子は押し黙ったまま険しい顔を靖男に向ける。

「この人は『鶴の湯』が売れたら、あんたと別れて、靖男と一緒になるつもりなんだ。そのためならなんでもするって、あいつに約束してたよな」

言うと、由布子は一瞬、刺すような目で周一郎をにらんで、

「あなた、おかしいんじゃないの。靖男さん、この人の言うことを信じちゃダメよ」

靖男はどちらを信じていいのかわからない様子で、右往左往している。

「とにかく、私は見たままを言った……あとはあんたが判断すればいい。それから、最近のいろいろな妨害もこの人がやったことだ。あんたは完全に裏切られているんだ。バカにされているんです」

腹に溜め込んでいたことをすべて吐き出して、周一郎はダイニングを出た。

2

その夜、周一郎が仕事を終えて部屋で寝る用意をしていると、美佳が訪ねてきた。お酒を飲みたいという。こんなことは初めてだった。

飲み口のいい純米酒とツマミを用意してきたという。周一郎はつきあうことにした。周一郎に与えられた部屋は八畳ほどの和室で、壁際には布団が敷いてある。畳におかれた小さな座卓の前で、二人は乾きものをサカナに酒を飲む。

水色の半袖《はんそで》のパジャマを着た美佳は、コップに注がれた日本酒を口にしながら、いつにも増して口数が少ない。

借金のカタに『鶴の湯』を取られるかもしれないとわかり、ショックなのだ。いや、それ以上に実の兄の信じられない蛮行が、美佳を打ちのめしているのだ。

幸いにも、美佳は由布子の不倫の話は聞いていない。これで、兄嫁が『石黒』と通じていることを知ったら、もっとダメージは大きかったに違いない。

そして、美佳はこの困難において自分を頼りにしてくれている。そのことがうれしくもあり、また何とかしてあげたくなる。

「すみません。せっかく『鶴の湯』を窮地から救っていただいたのに、こんな無様なところをお見せしてしまって……」

美佳が申し訳なさそうに、唇を噛んだ。

「いや、気になさらないでください。美佳さんのせいじゃありませんから」

「でも、わたしの兄ですから……」

周一郎は靖男を罵《ののし》りたくなった。だが、たとえダメ男でも実の兄を悪く言われるのは、決して気持ちのいいものではないはずだ。

「済んでしまったことは仕方ないですよ。あと十日ある。その間に、金の工面を考えましょう」

言うと、美佳の自分を見る目が変わった。

「尾崎さんのような方が、兄だったらよかった……そうしたら、きっと『鶴の湯』は今もお客さんがいっぱいだったわ」

「いや、買いかぶりですよ。私なんか……」

自分が違法行為をして、マッサージ店を潰した男であることが、心に重くのしかかってくる。気分を変えて、言った。

「とにかく、ひとまず金策ですよ。何とかして、一千万作らないと」

金策を相談しながら、酒を酌み交わした。

美佳は、これまで自分がＯＬをやっていた頃に貯めたお金があって、それをおろせば三百万円は何とかなると言った。父親が亡くなる少し前までは、会社勤めをしていたらしい。それでも、七百万という大金は残る。

融資を受けるか、借金をするか……二人は金策について話し合った。

これまで美佳が酒を飲んでいるのは見たことがなかったから、酒がそれほど好きではないし、おそらく酒に弱いのだろう。

飲むうちに、肩までの黒髪がほつれつく色白の顔が、ほんのりと赤らんできた。

パジャマの襟元からのぞく、ミルクを溶かし込んだようなきめ細かい肌が、ところどころ桜の花が散ったように色づいている。パジャマ姿でしどけなく酔っていた美佳を見ると、思わず抱きしめたくなる。

(ダメだ。何を考えているんだ。困って相談に来ているんだから)

そう自分を戒めるものの、体の奥底でうごめくものがある。それでも口では、

「可能性はあるけど、しかし、七百万は大きいからな……」

などと、平静を装って相談に乗っている。ふと思いついて言った。

「そうだ。居酒屋『満月』の社長の眞弓さんなんか、どうだろう？　事情を話せば、なんとかしてくれないだろうか？」

「あの方はうちの常連客ですし、可能性は……でも……」

美佳がきゅっと唇を噛んだ。おそらく、身内の恥をさらすようで言いにくいのだろうと思って、

「私のほうで持ちかけてみますよ」

性感マッサージで気を遣らせてから、彼女は今も周一郎のお得意様である。全額は無理にしても、少しは援助してもらえるかもしれない。

「すみません、ご苦労ばかりおかけして。尾崎さんにはなんてお礼を言ったらいいのか」

「いや、いいんですよ」

会話が途絶えた。

「すみません。長居をしてしまって……ありがとうございました。そろそろ……」

美佳が立ちあがった。足元をふらつかせながら入口に向かうので、心配になって周一郎も後を追った。

「大丈夫ですか？」

後ろから声をかけると、美佳が振り返った。次の瞬間、美佳は周一郎の胸のなかに飛び込んできた。

「どうしたらいいの、わたし……」

ぎゅっとしがみついてくる。コンディショナーの甘く爽やかな香りがふっと鼻をか

すめた。胸のふくらみがゆっくりと波打つのを感じると、こらえきれなくなった。

「大丈夫。大丈夫だから。私が何とかするよ」

下腹部のものが力を漲らせるのを自覚しながら、周一郎も女体に腕をまわし、すべすべの髪を慈《いつく》しむように撫でる。

髪をさすりながら腰を引き寄せると、美佳が胸から顔をあげた。

両手を周一郎の首の後ろにまわして、大きな瞳を向けてくる。くっきりした二重瞼《ふたえまぶた》の黒目勝ちの瞳のなかに、周一郎は吸い込まれそうになった。

「あの……」

「何……？」

「今夜は、ここにいていいですか？」

「えっ……？」

「尾崎さんと一緒にいたいんです」

「ひとりじゃ、いやなんだね？」

「はい……」

「わかった。いいよ」

ようやく、という思いがじわっと込みあげてきた。周一郎は内心の昂《たか》ぶりを悟られないようにして、

「どうする？　まだ飲むかい？　それとも……」

「もう、お酒はいいです」

「そう……じゃあ、布団に入ることになるけど」

美佳が顎を引くようにうなずいたので、周一郎の胸にまたじわっとした喜びがひろがった。

一緒に布団に入ったからといって、美佳がセックスを求めているとは限らない。いや、むしろ、添い寝を求めている確率が高い。癒されたいのだ。年上の男にやさしく抱きしめられたいのだ。

周一郎が布団に入ると、しばらくして、美佳がためらいながらも隣に身体をすべり込ませてきた。

反射的に左腕を伸ばすと、美佳は二の腕に頭を載せて、こちらを向きながら身体を寄せてくる。

「すみません。明かりを消してください」

周一郎は枕元にあったリモコンを使って、天井灯を絞った。

天井灯がフェイドアウトして、代わりに行灯風の枕明かりを点けると、和紙を通じた柔らかな明かりが、二人をぼんやりと照らす。

美佳の黒髪が明かりに反射して、艶かしく光っていた。

コンディショナーの甘い香りとともに、美佳が本来持っているミルクのような微香が、周一郎をやさしく包み込む。

本心は思い切り抱きしめたかった。だが、心底から惚れているだけに、美佳がいやがることはしたくない。

しばらくすると、美佳が顔の横で言った。

「どうしてかしら？　尾崎さんとこうしていると、すごく安らぐ」

周一郎はやさしく、やさしくと自分に言い聞かせて、髪を撫でてやる。

「わたし、ほんとうは男の人、ダメなんです」

美佳が意外なことを言った。

「こんなこと、尾崎さんだから言えるんですけど……中学生のとき、手伝いで番台にあがらされたことがあって。そのとき、ある男の人がわたしにあれを見せながら、そ、その……しごきはじめて……しごきながら、どんどん近づいてくるんです。逃げようとしたんだけど、身体が固まってしまって。そうしたら、男が……し、白いものをピュッと出して。それに味を占めたのか、彼は街中でもわたしをつけまわすようになって。父に言ってやめてもらったんですけど、それ以来、わたし、男の人が怖くなって」

経験のある女ならまだしも、中学生にとってはかなりのショックだったはずだ。

「そうか……つらい体験をしたね」

「いえ、きっとわたしがダメなんです。二十七歳にもなって、いまだ忘れられないなんて。どんな女の子も似たような経験をしていて、みんな、それを乗りこえてきているのに」

周一郎は美人であるがゆえの災難だと思った。おそらく、女性の容姿が美しいということは、男が考えているよりずっと大変なことなのだ。

「わたし、このままだとダメだと思って、大学生のときに先輩と……でも、一度したら怖くなってしまって」

「今も怖いんだね」

「……市役所の広田さん。わたしを好きだって……わたしも好きでした。でも、いざとなると怖くなってしまってダメなんです」

やはり、広田は恋人に近い存在だったのだ。ちょっと落ち込んだが、この歳でこの美貌なのだから、男がいないほうがおかしい。気を取り直して聞いた。

「でも、私は大丈夫なんだね？」

「はい……尾崎さんが相手だと、不思議に」

そう言って、美佳は肩のあたりに顔を擦りつけてくる。

周一郎は思い切って、打診した。

「少し、触っていいかい？」

「……はい」

周一郎は右手で、美佳の背中を撫でた。パジャマ越しにやさしくさすると、美佳がビクッと震えた。

「大丈夫かい？」

「ええ……すみません」

「謝ることなんかない。それでいいんだよ」

他の男には怖さしか感じないのに、自分の愛撫にだけは敏感に応えてくれる。そんな美佳に、心からの愛情を感じて、美佳の男性恐怖症を取り除いてやろうという男気のようなものが心を満たした。

「大丈夫だから、気を楽にして、身をゆだねてごらん」

「はい……そうしてみます」

と、美佳がとても二十七歳だとは思えないほどに初々しいことを言う。

(この女はほんとうに素直で、汚れていないんだな)

今どき珍しい天使のような女を、神様がこの世に残してくれたことに感謝しながら、周一郎は自分も横臥して向かい合う形で、背中から尻にかけて撫でおろしていく。

パジャマの生地を通してさえ、よくしなる柔軟な肢体とゆるやかなカーブが伝わってくる。くびれたウエストから急激に盛りあがったヒップへ向かう曲線はすでに女の豊かさを充分にたたえていた。

周一郎の胸に恥じ入るように顔を埋めていた美佳が、尻に手が届くと腰を前に逃がす。

周一郎はパジャマの上着の裏に手をすべり込ませて、じかに背中を撫でさすった。酒で血行が良くなっているのか、肌は温かく、またさすっていても引っ掛かるところがひとつもない。なめらかななめし革のような肌だ。

ストラップの感触はないから、ブラジャーをつけていないのだろう。

背骨の小さな突起を感じながら、湾曲した背中を撫でおろし、そのまま手をパジャマのズボンのなかにすべらせる。すべすべしたパンティを感じる。

ビクッとして、美佳は周一郎の胸にますます深く顔を埋めてくる。

周一郎は手を深く潜らせて、パンティ越しに尻をさすった。かるくつかむと、ぶるんっと尻肉が弾み、張りつめた肉層が手のひらを押す。

「いやっ、尾崎さん」

胸のなかで、美佳が呟いた。

「悪いけど、その尾崎さんっていうのはやめてくれないか。他人行儀でいけない」

「……どうお呼びすればいいですか？」

「周一郎、でいいよ」

「はい、周一郎さん」

こんな睦言《むつごと》を交わしていると、自分たちがまるで恋人同士のように思えて、周一郎は面映《おもはゆ》く、同時に年甲斐もなく胸がきゅんとなった。

体にしみいるような静かな喜びを胸に、周一郎は尻の丸みを確かめるようになぞり、そして、太腿の付け根までおろしていく。

充実した太腿の裏側を感じながら、頭にちゅっとキスをする。

すると、美佳が顔をあげたので、髪がほつれつく額にまた唇を押しつける。

繊細な造りだが目だけが大きい顔のいたるところにキスを浴びせながら、太腿から尻にかけてのラインを撫でまわすと、美佳の腰がためらいがちに揺れはじめた。

周一郎は尻から太腿へ、さらに、膝までなぞりおろし、また撫であげる。そのとき、指がパンティの基底部に触れたのか、

「あっ……!」

美佳がかるく顔をのけぞらせて、周一郎の腕をぎゅっと握った。

「大丈夫かい?」

「えっ……はい」

答えて、美佳は恥ずかしそうに顔を伏せる。

その頃には、周一郎の股間も頭をもたげていた。

美佳の手をつかんで、甚平のズボンのふくらみに引き寄せようとすると、美佳の手が弾かれたように引いていく。

「怖いわ」

「大丈夫だよ。かわいいオモチャだと思えばいい」

そう言って、美佳の手をふたたび引き寄せた。今度は、美佳は拒まない。されるがままに、甚平の上から股間に手をあててじっとしている。

周一郎も右手を交差させるように、美佳の下腹部に伸ばした。

パジャマ越しに太腿の奥に手のひらをあてると、そのまま静止した状態で、

「何かを感じるかい？　人には気というものがあって、手のひらから出ることが多いんだ。今も、気を込めている。何か感じる？」

「……わからない。でも、なんだか……」

美佳の息づかいが乱れてきた。胸を大きく弾ませて、自分が乱れるのを自制しようとするかのように、あふれそうになる何かを押し殺している。

しばらくすると、もどかしそうに腰をじりっとうごめかせる。

「感じるんだね？」

「はい……なんか……」

美佳の下腹部がわずかにせりだしてきた。

おそらく、さすってほしいのだ。撫でてほしいのだ。それを敢えてせずに、ひたすら股間に手をあてていると、根負けしたのか美佳の右手が先に動いた。

向き合って腕を交差させた形で、美佳はおずおずと右手を上下に動かして、周一郎のふくらみをさすってくる。

ますます力を増してくる肉棹を、甚平越しにさする手に少しずつ気持ちがこもってくる。押し殺した息づかいがせわしなくなり、それにつれて、下腹部もせりだしたり、逆に後ろに引かれたりする。

すでに二十七歳で、これから女盛りを迎えようとする年頃だ。

もう、女としての機能と感受性は女体に備わっているのだろう。準備万端なのに、中学生のときの経験がトラウマになってその発露をさまたげているだけなのだ。

周一郎は静かに指を動かしはじめた。

なめらかなパンティに包まれた基底部を二本の指を合わせて、ゆるやかに撫でさすると、

「あうぅぅぅ……」

美佳は胸に顔を埋めて、声を押し殺した。同時に、周一郎の股間をなぞっていた指の動きが止まる。

なおも、基底部を指でなぞりあげると、美佳は両足をぴったりとつけながらも、腰を微妙にくねらせる。下側になっている手を口許にあてて、あふれそうになる声を必死にふせいでいる。

指先に感じるパンティの布地が心なしか湿ってきたように感じる。

周一郎は左手で、美佳のパジャマのボタンに触れて、上からひとつ、またひとつと外していく。

「ああ、いや……」

「大丈夫だから」

やさしく言って、周一郎はボタンを下まで外した。

開いたパジャマの上着から乳房のふくらみがのぞいて、周一郎はドキッとする。

「恥ずかしいわ……小さいから」

美佳が自由になる手で、胸のふくらみを覆った。

「こうして見るかぎり、小さくはないよ」

「……でも、お義姉さんと較べると、貧弱で」

周一郎は、由布子のたわわな乳房を思い出した。

「あの人のは大きすぎるんだよ。実際に見たことはないけどね……それに、大きいだけがいいってわけじゃないさ」

そう言って、周一郎は体の位置をずらし、下側の乳房にしゃぶりついた。

「あんっ……」

美佳は勃起に添えていた手を離して、一瞬、周一郎を突き放そうとした。かまわず顔を埋めて、乳首を吸うと、

「くうぅぅぅ……」

周一郎の肩に添えられていた手から力が抜けていく。

周一郎は丹念に乳首に舌を走らせる。トラウマがあるから、下半身をせっかちに求めるのは抵抗があるだろう。だが、乳房なら……。

上になったほうの乳房を柔らかく揉み、さすりながら、もう一方の乳房の頂《いただき》を舌で愛玩《あいがん》する。

この格好で女の乳首を吸っていると、自分が赤子になったような気がする。

舐めたり、吸ったりしているうちに、乳首がくくっとせりだしてきた。薄い紅色にぬめる乳首は直径三センチほどのピンクの乳暈《にゅううん》から、けなげに飛び出している。

青い静脈が透け出るほどに張りつめたほの白い乳房と桜色の中心は、美佳という女にふさわしく清新で初々しい。

いたいけにせりだした乳首を吸うと、

「くぅぅぅ……」

美佳は呻きながらも、周一郎の顔を胸元に引き寄せるようなことをする。

3

周一郎は、美佳を仰向けにさせて、上から乳房を愛撫する。

上から見る乳房は、お椀形と釣鐘形の中間で形よくふくらみ、大きさも手のひらからわずかにはみだすほどでちょうどいい。

美佳は恥ずかしそうに顔をそむけ、内心の抵抗感を必死に押し殺している様子で、身をゆだねている。

ここまで来たら、もっと美佳に感じてもらいたい。セックスがいかに素晴らしいものであるかをわかってほしい。

周一郎は、乳首と腋の下を結ぶ線の中間、つまり乳房の側面に指をあてて、かるくバイブレーションさせた。すると、美佳が、

「あっ……これ……あうぅぅ」

と、首から上をのけぞらせる。

ここには副乳と言って、かつての乳首の痕跡があり、女が感じるポイントのひとつである。左右の指でその性感帯を刺激しながら、周一郎は乳首にしゃぶりついた。

いたいけにせりだしている乳首を、舌で上下左右に撥ねる。

いったん退かせ、周辺から円を描くようにして舐め、最後には乳首に届かせる。

それをつづけるうちに、美佳の気配が変わった。

「ああ、周一郎さん、怖い……」

そう訴えながらも、ぶるぶる震えている。

「感じるんだね？」

乳首に唇を接して聞き、また乳首を舐めると、

「はい……怖いくらい……ああぁ、あうぅぅぅ」

美佳は手の甲を口に持っていって、あふれでる女の声を押し止める。

周一郎は攻める場所を変えて、今度は乳根をさすりながら、かるく押した。

乳根は乳首から真っ直ぐに下におろして三センチほどのところにあるツボで、ここも性感を煽るポイントである。

周一郎は乳房を揉みしだきながら、親指を乳根にあてて柔らかく押す。また、副乳をバイブレーションさせる。同時に顔を寄せて、フェザータッチで乳首に舌を届かせる。

「あああぁ、ぁあぁあぁぁ……周一郎さん」

美佳が顔を持ちあげて、周一郎を見た。

「なんだ？」

「吸ってください。乳首を吸って……やっ、恥ずかしい」

あの美佳があられもなく求めてきたのだ。

周一郎は勇んで乳首を口に含み、なかで舌を躍らせる。それから、かるく吸いあげると、美佳が大きく顎をせりあげるのがわかった。身体が突っ張って、足の先までピーンと伸びている。

周一郎は乳首をあやしながら、手を脇腹へとまわし込んだ。触れるか触れないかのタッチでかるく撫であげると、一瞬にして肌が粟粒立ち、

「はぁああぁぁ……」

美佳が大きく喘いだ。

これで、今まで感じなかったなど嘘のようだ。美佳がこのことで嘘をつくとは思えないから、よほど自分と相性がいいのだろう。

周一郎は彼女と出会わせてくれた神様に、心から感謝したくなった。

だが、これまでの経験から推すと、乳首が感じるからといって乳首ばかりを攻めていると、その刺激を痛みに感じてしまう。

周一郎は乳房から顔をあげて、美佳のパジャマのズボンに手をかけた。一気に引きおろして足先から抜き取ると、パール色の小さなパンティが下腹部を覆っているのが

見えた。ふと見ると、二重になった基底部に小さなシミが浮き出ていた。

（ああ、こんなに濡らして）

周一郎がパンティに手をかけた途端に、美佳は身体をくの字に折り曲げて、

「ゴメンなさい。怖いの」

いやいやをするように首を振る。

困ったなと思いながら、周一郎はひとまず自分も裸になる。甚平の上下を脱いで、トランクスをおろした。

すると、若者のようにいきりたった肉茎がぶるんと頭を振る。

それに視線をやった美佳が、怪物でも発見したように「いやっ」と目を逸らした。

どうしようか迷った末に、周一郎は美佳の上半身に近づいて、両膝を突いた。美佳の右手を導いて、握らせようとするのだが、彼女は指を開こうとしない。

先ほどズボン越しになら、触れても平気だった。やはり、じかに触るとなると、恐怖心が先に立つのだろう。

「大丈夫だよ。こんなもの、かわいいもんじゃないか」

「でも……」

「平気だよ。いいから、握って」

強引に美佳の指を開かせ、そこに、如意棒《にょいぼう》を持っていく。

開いた手がおずおずと閉じられ、ほっそりした指が握り込んでくる。と、思ったら、びっくりしたように開く。

周一郎がせかすと、肉棹に指がからんでくる。今度は大丈夫かと思ったら、また弾かれたように指が開く。

いったい何度同じことを繰り返しただろう。諦めかけたとき、美佳の指は肉棹を握りしめたままになった。美佳は手に汗をかいていて、じっとりとした指が震えながらも分身を包み込んでくる。

（おおぅ、ついに……）

しなやかな指がおずおずと動き出し、猛りたつ分身を擦りはじめたとき、周一郎の歓喜は頂点に達した。

たったそれだけのことなのに、肉棹の先からは透明な液体がじわっとあふれだして、玉のようになった。

「き、気持ちいいですか？」

美佳が下から見あげて、おずおずと聞く。

「ああ、最高だ。最高に気持ちいいよ。ありがとう」

思わず感謝の言葉を口にする周一郎だった。

そのとき、美佳が肉棹を握ったまま身体を起こした。

周一郎と同じように膝を突き、向かい合う形でいきりたちをしごいている。恐怖心が少しはかるくなったのか、美佳はおろした右手を動かしながら、周一郎をはにかむように見つめる。

周一郎も気持ちが高まってきた。右手をおろしていき、パンティと腹の隙間から手をすべり込ませる。

「うっ……」

と、美佳は顔をしかめたが、もう拒むことはしなかった。

そして、周一郎の指は感じ取っていた。やわやわした繊毛の底に、湿った女の秘密が息づいていることを。

下の唇に沿って指を走らせると、唇が割れて、ぬるっとしたものが指腹にまとわりついてきた。

下腹部の分身にピキッと力が漲り、それを感じたのか、美佳は一瞬指を離した。それから、また握り込んでくる。

二人は向かい合ったまま、互いの急所をさすりあう。

美佳は順手を逆手に持ち替え、ゆるゆると擦ってくる。周一郎もいっそう深く手を差し込んで、奥のほうから前へと陰唇の狭間に指を走らせる。

「ああ、ぅうぅぅ……あぁぁぁ」

顔を伏せて喘ぎを押し殺していた美佳の手が、止まった。

がくん、がくんと震えながら、しごくこともできなくなって、ただ肉棹を強く握りしめている。その頃には、美佳の恥肉はあふれんばかりの蜜をたたえて、かすかな粘着音さえ立ちはじめた。

こらえきれなくなって、美佳を後ろに倒した。

仰向けになった美佳のパンティに手をかけて、一気に抜き取った。

美佳は顔を手で隠し、太腿をよじりあわせて恥部を守るものの、もう拒むことはしない。

周一郎は腰枕をあてて、美佳の腰を持ちあげると、そこに顔を寄せていく。

「あっ……いや」

閉じようとする膝を押し広げながら、持ちあげた。

薄い翳《かげ》りとともに、女の口が目に飛び込んでくる。

「ああぁぁ……ダメ」

美佳が両手で、股間を隠した。

「大丈夫だから。あなたのここをかわいがりたいんだ」

そう言って、美佳の手を外し、顔を寄せた。

小ぶりの女性器がわずかに口をのぞかせている。肉びらはよじれているが薄く、形も良く、性器の周囲に性毛が生えていないので、陰唇がくっきりと際立って見える。

美人なのに驚くような女性器を持った女がたまにいるが、美佳のそれは清楚な容姿にふさわしい女陰だった。これなら、クンニをすることになんの抵抗もない。いくらでも舐められる。祝福のキスを浴びせたくなる。

「周一郎さん、恥ずかしいわ」

「あまりにもきれいなので、見入ってしまった……素晴らしいよ」

周一郎はいっそう顔を近づけて、狭間をぺろっと舐めた。

「うっ……」

ビクッとして、太腿を閉じようとする美佳。

膝の裏をつかんでひろげ、陰唇の間につづけざまに舌を這わせると、

「ぁああうぅぅ……いや、いや」

美佳が顔を左右に振った。

ならばと、周一郎は舐めあげていき、その勢いで上方の肉芽を弾いた。

「あっ……！」

と声をあげて、美佳が顎をせりあげた。やはり、クリトリスは強い性感帯なのだ。

包皮をかぶった突起を、周囲から攻めていき、まるごと頬張った。

断続的に吸うとそれに合わせるように、「あっ、あっ、あっ」と喘ぎが撥ねる。

周一郎は足を離して、手指で包皮を左右から剝いた。ぬっと現れた肉芽はほんとうに小さくて、あるかないかわからないくらいだ。

ほぼ埋まり込んでいる肉真珠を舌で引っ張りだすようにして、舐めた。下から撥ねあげると、

「くっ……！」

びくんと、美佳が撥ねた。

「感じるんだね？」

「はい……電気が走る」

「そうか……敏感なんだ。美佳さんはすごく敏感な身体をしている」

「そうですか？」

「ああ、そうだよ」

周一郎は本格的なクンニに移り、肉びらを頬張ってくちゅくちゅと揉みほぐし、女のとば口に丸めた舌をできるだけ押し込んだ。

ふたたび肉芽に移り、吸ったり、舐めたりを繰り返すと、美佳は抑えきれない声をあげて、

「あああぁ、あああ……周一郎さん」

顔を持ちあげて、何かを訴えてくる。

「どうしてほしいんだ？」

わかっていて聞くと、美佳はしばらく口ごもっていたが、やがて、何かを振り切るように言った。

「周一郎さんとひとつになりたい」

「いいんだね？」

聞くと、美佳はうなずいて、清楚なかにも女の情欲をたたえた瞳で見あげてくる。

夢を見ているようだった。周一郎は顔をあげて、腰枕を抜き取った。

4

膝をすくいあげながら、切っ先を押し当てて、慎重に腰を進めた。だが、サイズが合わないのか、なかなか入っていかない。

切っ先が割れ目をうがち、押し広げると、美佳は「うっ」とつらそうに歯列を嚙み合わせる。

周一郎は全身の神経を切っ先に集め、静かに押し入っていく。

狭い箇所を突破したそれが一センチ刻みで、女の細道に嵌まり込む。途中まではきつかったが、そこを通過するとぐぐっと奥へとすべり込んだ。

くいしばっていた美佳の歯列が一気にほどけ、

「はあぁぁぁぁ……」

空気を吸い込むような声とともに、美佳の上体がのけぞった。

繊細な首すじをさらして、太棹を打ち込まれた衝撃を全身で表す美佳。

周一郎も唸っていた。

処女同然の女の祠《ほこら》が強い収縮力でもって、分身を包み込んでくる。ぴたりと吸いつきながらも、それは微妙にうごめいて、挿《さ》し込まれた男のシンボルを内へ、内へと吸い込もうとする。

「おおおぅぅ……」

下腹部をぴったりと恥丘に押しつけて、周一郎は女体と繋がった悦びに酔いしれた。

いや、それは単なる女体ではなかった。惚れ込んでいる鶴本美佳とひとつになれたのだから。自分はこの瞬間のために『鶴の湯』に留まっていたのだ……そう思える瞬間だった。

舞いあがるような喜悦に満たされながら、周一郎は繋がっている相手を見た。

紛れもなく、美佳である。

そして、美佳はくっきりした眉を可哀相なほど折り曲げ、開いた唇を小刻みに震わせている。

自分が美佳の体内に押し入っているのだという実感とともに、この女を大切にしなければという気持ちが胸にひろがった。

周一郎は前に上体を倒し、腕立て伏せの格好で重なり、美佳の乱れた髪を直してやる。すると、美佳が静かに目を見開いた。

くっきりした二重瞼のなかで鳶《とび》色の瞳がじっと周一郎を見つめてくる。

男根を受け入れたことへの満足感と、羞恥が交錯した表情に、魂を持っていかれそうになって、周一郎はその気持ちのままキスをする。

口角《こうかく》のスッと切れあがった唇に、分厚い唇を押しつけ、上唇をついばんだ。

それから、舌を出して唇を舐める。それを繰り返しているうちに、美佳の唇が何かを求めるようにひろがった。

周一郎はその隙間に舌をすべり込ませる。すると、美佳も舌をおずおずと差し出したので、二人の舌が密着した。最初はぎこちなかったが、やがて息が合ってきて、舌がからみあう。

周一郎が突き出された女の細い舌を吸うと、美佳も吸い返してくる。

甘い息とともに、二人の唾液が混ざり合って、その淫靡《いんび》な快感が下半身にも流れていった。

周一郎が静かに腰を動かすと、美佳は「うっ」と歯列を嚙み合わせた。

意識的にゆったりと突くうちに、美佳の気配が変わった。

「あっ……あっ……」

唇をほつれさせて、小さく喘ぐ。

「感じるんだね？」

確かめると、美佳は泣き出さんばかりの表情でしっかりとうなずく。

また、ゆるやかに腰をつかうと、美佳は足をＭ字に開いて男を受け入れた姿勢で、

「あっ……あっ……」

と、か細いが、感じているとわかる女の声を洩らす。

おそらく、美佳はこれまでセックスであまり悦びを感じたことはないはず。なのに、周一郎にはしっかりと応えてくれる。

男としての歓びがうねりあがってくる。同時に、もっと美佳を感じさせたくなる。

静かに打ち込みながら、周一郎は乳房を揉みしだいた。

先ほどの愛撫で朱を散らしたようになった白い乳肌は、血管の道さえ透け出させて、若々しく凜《りん》と張りつめている。

ふくらみをすくいあげ、先端の突起を指腹でとらえて、右に左によじる。

乳首の頂上にはマイナスネジの頭のように一本線の窪みがあった。そこに指を添えてかるく押しながらくるくるとまわすと、

「ぁあぁ……それ、感じます……くくっ」

美佳がこらえきれないといったふうに顎をせりあげる。

周一郎は乳首を愛玩しながら、わざと腰の動きを止めた。下半身はじっとして、乳首ばかりか、乳房の性感帯であるツボを巧みに愛撫する。

か細い声をあげていた美佳の腰が、じりっ、じりっと揺れはじめた。ついには、自分から抜き差しをねだるように腰を上下させて、

「ああ、周一郎さん、周一郎さん……」

と、自らの窮状を訴えてくる。

「どうしてほしいの？」

わかっていて聞くと、美佳は口に出しては言えないようで、「ああん」と鼻声をあげながら、さっきより激しく腰を揺すってせがんでくる。

「動かしてほしいんだね？」

「……はい。いやっ」

美佳はそれ以上は無理というところまで顔をそむける。

周一郎は上体を立てると、美佳の膝をつかんで前に折り曲げる。屈曲位の体位で足を閉じさせて、ゆったりと突いた。

ぴったりと口を閉ざした膣口を、分身がずりゅっ、ずりゅっと押し広げていく確か

な感触があり、ひと擦りごとに美佳は敏感に応えてくぐもった声をあげ、顎をせりあげる。

とても、これまで男性恐怖症で悩んでいたとは思えない敏感な反応に、周一郎はうれしくなる。やはり、自分には気を許してくれているからだろう。女性は男とは違って、心の状態によって性感が大きく左右されるのだと聞いたことがある。

それまで閉じられていた女の蕾《つぼみ》を自分が花開かせているのだ。そう思うと、男の自負心を満たされて、ますます美佳がかわいくなる。

周一郎は折り曲げたままの美佳の膝を開いて、そこに如意棒を打ち込んでいく。

膝がひろがって、接合部分が如実に見える。

しどけない格好で足を開かされ、あらわになった女の口を野太い肉の棍棒が押し開いていく。抜き差しされる太棹に可憐な肉の花びらが巻き込まれ、そして、まくれあがる。

それをしているのは、この自分なのだ。

周一郎は四十八歳で、美佳は二十七歳。歳の差を乗り越えて、自分は美佳と繋がっている。

至福感に満たされながら、周一郎は少しずつ打ち込みのピッチをあげていく。

さっきより、抜き差しがスムーズになっていた。それだけ潤滑油が増して、内部が練《ね》れてきたのだ。

足を開かせたり、反対に閉じさせたりして微妙に形を変えながら、それでもまだ慎重に棍棒を出し入れする。んちゃ、んちゃと淫靡な音が立ち、

「ぁあぁ、あうぅ……あうぅぅぅ」

美佳は手の甲を口にもっていき、あふれそうになる声を懸命に押し殺す。

「感じるかい？」

腰をつかいながら、もう何度口にしたのかわからない言葉を、また繰り返す。

「はい……初めてです。こんなの、初めて……わたし、ちゃんと感じるんですね」

美佳が下からせつなげに見あげてくる。

「ああ、そうだ。すごく感じる身体だ。もう、男を怖がらなくていい」

「はい……うっ！　あっ、ぁあん、あんっ！」

強く打ち込むと、途中から美佳は抑えきれない女の声をこぼした。

「あっ、あっ、あっ……怖い」

美佳は両手でシーツを持ちあがるほど握って、いやいやをするように首を振る。

周一郎は足を離して、両手を美佳の腰にまわした。

「持ちあげるよ」

そう言って、両手で背中を引きあげながら、自分は座る。途中から、美佳は自力で

起きあがって対面座位の形になると、恥ずかしそうに抱きついてきた。

周一郎は女の胸に潜り込んで、乳房を口でかわいがる。

いたいけに尖っている乳首を口に含んで吸い、そして、舌であやす。

すると、美佳はあえかな声をこぼし、肩に置いている手に力を込める。

やがて、我慢できないといったふうに自分から腰を振りはじめた。周一郎がその腰を支えて動きを助けてやると、上体をのけぞらせながら、恥肉をいやらしく擦りつけては、

「あっ……あっ……いや、いや……」

と、消え入りたげな声を出す。

周一郎は思い切って後ろに上体を倒した。仰向けになって見上げると、美佳は頼るものがなくなって心細いのか、どうしていいのかわからないといった微妙な表情をする。

「自分で動いてみなさい」

「……できません」

「したことがないんだね？」

聞くと、美佳は恥じ入るようにうなずいた。

「恥ずかしがらなくていいから。自分で動いてごらん……自分で調節できるから、感

じるはずだよ」

美佳はそれでもためらっていたが、やがて、意を決したように腰を振りはじめた。両手を周一郎の胸に突いて、腰から下をゆるり、ゆるりと前後に打ち振る。

(ああ、この子はほんとうに経験がないんだな)

二十七歳にして処女同然の美人……こんな女に出会わせてくれた神様に、周一郎はまたまた感謝したくなる。

「あっ……あっ……ああん、くぅぅぅぅ」

鳩が鳴くような声を絞り出して、美佳は自分のなかの何かと戦っているかのように腰を揺らめかせる。そのけなげな雰囲気が、周一郎にはこたえられない。

周一郎は両手を伸ばして、乳房をつかんだ。

乳房を丸ごと手のひらで覆い、支え、動きをせかせるように腰を撥ねあげてやる。

すると、美佳の裸体が腹の上でバウンドする。

肩に乱れ散った髪を躍らせ、眉をハの字に寄せて、今にも泣き出さんばかりの哀切な表情で、がくん、がくんと上半身をのけぞらせる。

たまらなくなって、下からぐんと強く突きあげると、

「あっ……!」

美佳は一瞬上体をピンと伸ばし、それから、スローモーションで前に突っ伏してく

る。下からやさしく抱きしめると、美佳は虚脱状態で身を預けてくる。

もしかしたら、かるく気を遣ったのかもしれない。

ぐったりした美佳の髪を撫でていると、

「恥ずかしい……こんなになって」

美佳の甘い吐息が耳元をくすぐった。

「恥ずかしいことなんかない。女が感じてくれれば、男はうれしいんだよ。女に感じてもらうためなら、男は何でもできる。たとえ、火のなか水のなかだよ」

そう言って髪をさすると、美佳は顔をあげ、小首を傾げて聞いた。

「周一郎さんも？」

「ああ、美佳さんのためなら、何でもできる」

それが、愛の告白だとわかったのか、美佳はちょっとはにかんだ。それから、ぎゅっとしがみついてきた。

無言だが、告白をいやがっていないのは、何となくわかった。

「まだ、大丈夫かい？」

「はい……」

周一郎は合体したまま、美佳の身体を横に倒し、そこからまた半回転して自分が上になった。

深く繋がるために、今度は美佳の両足を肩にかけて、前に屈んだ。

すると、美佳の腰が浮きあがり、硬直がぐぐっと体内深く押し入っていくのが感じられた。

腰のところからジャックナイフのように裸体を曲げられて、美佳は苦しそうに呻く。

周一郎は両手を布団に突いて体重を切っ先に集め、ゆっくりと上から打ちおろしていく。猛りたつものがぐぐっと体内を割りながら入り込み、

「くうぅぅ……」

美佳は顎をいっぱいに突きあげる。

「大丈夫か？　きついだろう」

「ええ……すごく深く入ってる。でも、大丈夫」

けなげに答える美佳。

周一郎は様子を見ながら、上から打ち込んでいく。足を伸ばし、膝の内側をシーツに擦りつけるようにぐいぐいとえぐりたてる。

極限までいきりたつ分身が、美佳のまだあまり男根を受け入れたことがない膣肉に嵌まり込み、子宮の壁を押す。

腔腸動物《こうちょう》の体内に突き入れたらきっとこんな感じなのだろう。潤みきり、うねるようにして包み込んでくる粘膜を擦りながら、これでもかとばかりに押し広げていく

感触がこたえられない。

しかも、相手は一目惚れした女なのだ。これ以上の至福があるとは思えない。

美佳を支配したい。自分の証を刻みつけたい。

知らず知らずのうちに、打ち込みに力が入った。腰を躍らせ、ズン、ズンと打ちおろした。打ち据えるたびに上へ上へとずりあがりながら、美佳は眉根を寄せて、

「あっ……あっ……あうぅぅぅぅ」

と、さしせまった声をあげる。

その官能美は周一郎を煽ったが、美佳はおそらくあまり長い間この体位には耐えられないだろう。そう判断して、周一郎は足を肩から外して、覆いかぶさっていく。

右手を肩口から首の後ろにまわして女体を引き寄せ、打ち込みの衝撃から逃れられないようにして、腰をつかった。小刻みに躍らせて浅瀬を擦ると、

「あああぁ、周一郎さん、いい……」

美佳はひしとしがみついてくる。

いつの間にか、美佳の足が周一郎の腰にからみついていた。

周一郎はその足を撥ね除《の》けるようにして、徐々に強いストロークに変えていく。

打ち込みながら、周一郎ははっきりと告白した。

「あなたに看病してもらったときから、惚れてしまった。この歳で、美佳さんのよう

な若くきれいな人を好きになるのはダメだって、わかっている。だけど、惚れた」

するると、美佳が周一郎を不思議そうに見あげてくる。

「どうして、ダメなんですか？」

「ダメじゃないのか？」

「はい……」

ということは……。歓喜の渦がうねりあがってきた。

「もっと好きになって、いいのか？」

「もっと好きになってください」

心のなかで歓喜の咆哮《ほうこう》をあげながら、周一郎は愛する女を力の限り抱きしめた。

肩も乳房もしっとりと汗ばんで、吸いつくようだ。

周一郎は夢中になって、腰をつかった。これまで働かせていた自制心が吹き飛び、まだセックスを覚えたての若者に戻ったようだ。

いったん腕を伸ばして腕立て伏せの形で、下腹部を押し込んでいく。

すると、足をM字に開いた美佳は、

「あああぁ……ぁあうぅぅ……いいの、いいの」

周一郎の腕を握る指に力を込めた。

「いいんだぞ。気持ち良くなって……そうら、私も気持ちいい。天国だ」

言いながら、強く打ち込んだ。爆発寸前の分身がいっぱいにふくれあがり、からみついてくる粘膜を押し広げていく。

肉路の適度な締めつけと波打つような肉襞のうごめきが、周一郎を追い込んでいった。

「ああぁ、あああぁ……周一郎さん、怖い」

美佳が怯えた目を向ける。

「大丈夫。私がついてる。怖いものなんかひとつもない」

周一郎はまた肩口から手をまわし込んで、女体を抱いた。

はちきれんばかりに海綿体を充血させた肉の棹が、とろとろに蕩《とろ》けた女の祠を何度も行き来して、美佳が震えはじめた。

周一郎にしがみつきながらもブルブルと震えている。

「イキそうなんだね？」

「はい……はい……くうぅぅぅ」

「そうら、そのまま身を任せて。そうら」

周一郎は自分も射精めがけて、速く、強いストロークを叩き込んだ。息を詰めて、一気にスパートする。硬直がたてつづけに肉路を擦りあげ、美佳の震えが極限まで達した。

「周一郎さん、イッ、イクわ。イキます」

「いいんだ。イキなさい」

周一郎が反動をつけたストロークを叩きつけた次の瞬間、

「あっ、あっ、あっ……はうっ！」

美佳は思い切りのけぞって、その状態でがくんと躍りあがった。

気を遣ったのだ。それを見届けて、周一郎ももう一太刀《ひとたち》浴びせながら、しぶかせていた。幸せすぎる瞬間だった。

呻きながら、周一郎は下腹部を押しつける。頭が痺れ、自分がどこかに連れ去られていくようだ。

歓喜に満ちた瞬間が終わっても、なお、周一郎は離れるのが惜しくて、繋がったままでいた。

ハアハアという荒い息づかいがちっともおさまらない。太鼓腹《たいこばら》が波打って、美佳の腹に触れるのが恥ずかしい。

美佳はというと、ぐったりして微塵も動かない。彫像のように固まって、優美な顔をさらしている。

周一郎が乱れた髪を直してやると、美佳はようやく目を見開いて、それから、恥ずかしそうに目を伏せながら周一郎に抱きついてきた。

第七章　狙いは美人秘書

1

銭湯が休みである月曜の夜、周一郎は眞弓の邸宅を訪れていた。

ゲストルームに通された周一郎は、ソファに座って眞弓を待っていた。

ガラストップのセンターテーブルには、さっきお手伝いさんが置いていったコーヒーカップが載っている。

二日前に美佳とともに眞弓と会って、『鶴の湯』の窮状を訴え、借金を申し込んでいた。そして今日、周一郎は眞弓にひとりで家に来るように言われたのである。

周一郎は必死だった。自分は美佳を抱くという大望を叶えさせてもらった。その恩返しをしたかった。美佳のためなら何でもするつもりだった。惚れた女がこれ以上悲しむ姿を見たくなかった。

美佳は借金の件を他にもあたったようだが、芳《かんば》しい結果は得られなかったようだ。眞弓が最後の砦《とりで》だった。色好《いろよ》い返事をもらえなければ、『鶴の湯』を『石黒』に譲渡する確率は極めて高くなる。

眞弓は、マッサージルームを造るアイデアを出してくれた。その際、『石黒』のやり方が嫌いだと言っていた。それに、眞弓は周一郎の性感マッサージのお得意様だ。もしかしたら、という気持ちもないではないが、しかし、七百万という金額は大きすぎる。

溺れる者は藁《わら》をもつかむ心境で待っていると、眞弓がやってきた。

シルクらしいブラウスに膝上のタイトスカートという格好の眞弓が、向かいのソファに座って足を組んだ。それだけの行為で、居酒屋チェーン店の女社長にふさわしい貫禄と聡明さがにじむ。

「例の件だけど……」

眞弓が真っ直ぐに見つめてくるので、周一郎はごくりと唾を呑む。

「……うちとしては、『鶴の湯』に投資してもいいと考えているの」

眞弓が結論をさらりと言った。

「……投資といいますと？」

「七百万の借金は期限までにこちらで用意をします」

「ほ、ほんとですか？」

「ええ、三日後が期限だったわね。それまでには用意します」

「あ、ありがとうございます」

周一郎はソファから降りて正座し、床に額を擦りつけた。

「やめてよ。これはビジネスなんだから。ビジネスの現場じゃ、土下座なんて必要ないわ。いいから、頭をあげて、ソファに戻りなさい」

周一郎がソファに座り直すと、眞弓が苦笑いをして、

「まったく、家族でもないのにそこまで必死になって……よほど、美佳さんに惚れているのね」

「えっ……？」

「いいのよ、わかっているから。あなたが美佳さんを見る目……あれを見れば、誰にでもわかるわよ。ここに居ついているのも、彼女のためなんでしょ？」

すべて見透かされているのか……。周一郎は恥ずかしくて、姿を消したくなった。

「ほら、赤くなった。オジサンなのに純情なのね」

「いや……」

周一郎は頭を掻くしかなかった。

「あなたの、そういうところが好きよ」

眞弓が足を組み替えた。ナチュラルカラーのストッキングの光沢を放つきれいな足が交差して、その奥が際どいところまでのぞき、周一郎はこんな状況ではあるがドキッとしてしまう。

「さっきの話のつづきだけど、うちはこの件をビジネスチャンスとしてとらえています。『鶴の湯』は経営の仕方次第ではもっと利益が出ると考えているの。ただ、誤解しないでよ。うちは『石黒』みたいに、あそこを乗っ取ろうとしているわけではないから」

そう言って、また眞弓は足を組み替えた。わざとやっているとしか思えないゆっくりとした動きで。長い太腿の内側がのぞいて、周一郎はそこに向かいかける視線を必死に眞弓の顔に向ける。

「投資をして、共同経営者になりたいの。このことは、いずれ彼らにもちゃんと言うけど、経営に参加したいのよ。もちろん、マッサージはつづけてほしいし、仮設ではなくもっとちゃんとした場所を造ったほうがいいと思うの。スーパー銭湯とまでは行かなくても、様々な施設を設けて、もっと楽しめる場所にしないと……それに、うちの居酒屋とコラボして、『鶴の湯』を利用してうちに来たら、割引されるとかって方法もあるじゃない」

そこまで眞弓が考えていることに驚いた。

「こう言うのも、わたしが『鶴の湯』が好きだから言っているのよ。あそこはわたしのオアシスだから、『石黒』には渡したくないの……あなたはどう思う？」

「はい、最高の提案だと思います。そうなったら、私もマッサージのほうを今以上に頑張ります……ただ、あれですね。すっかり変えてしまうんじゃなく、今の『鶴の湯』の古き良き時代を思わせる部分は残してはどうかと……」

「わかっているわよ。ノスタルジーを誘う部分が、銭湯のいいところだものね。『石黒』なんかに買収されたら、機能だけを追った味気ないものになってしまう」

「はい……そう思います。でも、あれですよね。眞弓さんはよほど『石黒』が気に食わないみたいですね。何か理由があるんですか？」

以前から気にかかっていたことを訊ねると、じつはと事情を話してくれた。

亡くなった夫が以前に店舗を出す際、土地のことで『石黒』と揉めたことがあるのだという。

「あの人は言っていたわ。『石黒』のやりかたはルール無視で最悪だって。いくら金儲けが目的だとはいえひどすぎる、人情がないって。だから、わたしも『石黒』を嫌うことにしたの。あの人が好きだったから」

眞弓がいかに亡き夫を愛し、信頼していたかがわかり、胸がジーンとした。眞弓が何年も男を作らなかったのも、そんなところに原因があるのかもしれない。

「では、明日の午後二時に、そちらにうかがうわ。全員いてね」

「はい。ありがとうございます。必ず全員集合させます」

「なんか、あなたが社長みたいね……これで、この話はひとまず終わり」

眞弓は立ちあがると、「ちょっと」と周一郎を手招いた。

「はあ、何でしょうか？」

「ふふ、わからないの。あなたとはしばらくご無沙汰でしょ。したいの、あなたと」

「いや、でも……」

「あなたは断れないはずよ。融資を受けたいのなら」

眞弓は周一郎の手をつかんで部屋を出て、二階へとつづく階段をあがっていく。

眞弓の言うとおり、拒むことなどできなかった。いや、むしろ、自分のほうからお手合わせを求めるべき状況だ。この人がいなければ、『鶴の湯』は人手に渡っていたのだから、感謝してもしきれない。

その夜、周一郎はほとんど一睡もせずに、献身的な愛撫と疲れを知らないストロークを繰り出して、眞弓を失神寸前まで導いたのだった。

2

翌日、眞弓は片腕的存在である専務の島村《しまむら》とともに、『鶴の湯』にやってきた。家族と周一郎と桃花の五人で、二人を出迎えた。

七百万円を融通してくれることは、すでに周一郎のほうから告げてあったが、当人から聞かされて、靖男はそれこそ涙を流すほどに喜んだ。

だが、由布子は表情を崩さない。あと一歩のところで、思わぬところから援助があり、がっかりしているのだ。

靖男には、由布子が『石黒』の息のかかった暴力団員である柳瀬と通じていることを教えてある。それをどう思っているのか、由布子に対する態度こそよそよそしくなったものの、靖男は強い態度に出ることはない。

どこまで行っても、優柔不断な救いようのない男なのだ。それでも、今回の件はさすがにこたえたのか、

「ありがとう。美佳も眞弓さんも、心から感謝するよ。こんな俺に……」

と、靖男は涙ぐみ、

「心を入れ替えるよ。もうボートはしない。誓います」

そう殊勝に言って、反省顔を見せる。だが、周一郎は信じてはいなかった。どうせまたしばらくすれば、競艇に行くに決まっている。

眞弓と島村は借金返済の手筈を終えると、『鶴の湯』の改善策に話題を持っていった。

昨日、周一郎に話した様々な提案をする。その話を靖男は珍しく真剣に聞いている。少しは反省したのかもしれないと周一郎は思い直した。その後で眞弓が、

「でも、『石黒』がこれからもっと妨害をしてくるかもしれないわね。問題はそれをどうかわすかだわ」

と、『石黒』への対処策を持ち出したので、

「申し訳ないが、由布子さんは席を外してくれませんか」

周一郎が言うと、由布子は不満そうな顔をしながらも、リビングを出ていく。

眞弓が、なぜ、とその理由を聞いてくる。周一郎が、由布子はじつは『石黒』の配下にある男と通じていることを教えると、眞弓の目の色が変わった。

「ダメじゃないの。スパイが身内にいるんじゃや、こちらの話は全部筒抜け……呆《あき》れたわ。鶴本さん、どういうつもり？」

「いや……しかし、まだ事実かどうかはっきりしたわけじゃないし……」

靖男がこの段になっても訳のわからないことを抜かすので、周一郎も怒り心頭に発

した。

「事実ですよ。私がこの目で見て、この耳で聞いたんだから。離婚しなさい。それがいやだったら、しばらく、由布子さんをこの家から引き離しておきなさい」

きっぱり言うと、靖男はしばらく黙っていたが、やがて「わかったよ」と不貞腐《ふてくさ》れたように呟いた。

「そうしたほうがいいわね。というか、絶対にそうして。それができないなら、この話はなかったことにするわよ」

眞弓が毅然として言った。その凛とした姿からは、昨夜、周一郎と蜜戯に耽《ふけ》っていた姿はとても想像できない。

『石黒』への対抗策を話し合っているとき、桃花がおずおずと口を挟んだ。

「あの……わたし、この前の月曜日に、『満月』でひとりで飲んでいたんです。そうしたら、個室から話し声が聞こえちゃって。それがどうも、『石黒』の社員らしくて……」

全員の視線が、桃花に注がれた。

「女の人と男の人の声でした。女の人はすっごくきれいな方で……それで、『二重帳簿』がどうのこうのって聞こえたんですけど。これって参考になりませんか？」

すると、島村が身を乗り出した。

「それ、『石黒』の社員だって、確かなんですか？」

メガネのツルを指でひょいと持ちあげて、島村はきゅっと唇を結んだ。

「ええ。後でお店の人に聞いたら、『石黒』の社員だって言っていましたから」

「確かだと思うわ。うちにも『石黒』の連中はよく来るから」

眞弓が言うのだから、そうなのだろう。

「その女って、メガネをかけた美人じゃなかった？　けっこう気の強そうな」

「ええ、そうです。きれいな方でした」

すると、眞弓が島村と顔を見合わせた。

「飯島尚美《いいじまなおみ》よ。そうじゃない？」

「おそらく、そうでしょうね」

眞弓はこちらに向き直って、

「彼女は『石黒』の社長秘書なの。うちにも時々羽を伸ばしにくるから。一緒にいた男は誰かしら？　社長はうちには来ないし……まあ、いいわ。それで、『二重帳簿』って言っていたのね？」

「はい……そう聞こえました。女の人が言って、男の人がそれをたしなめているみたいで。すぐに、その話は終わったみたいですけど」

「……桃花ちゃん。大手柄よ、それ」

眞弓に喜色満面で声をかけられて、桃花がはにかんだ。

こちらを見て、眞弓が言った。

「あそこ、脱税疑惑があるのよ。ああいう商売は少なからずやってるんだけど……『石黒』はかなり大きくやってるんじゃないかって、黒い噂があるわけ。そこでその言葉が出たってことは、二重帳簿をつけている確率は高いわね。国税局の査察部が踏み込んでくれればいいんだけど、今のところ査察に入ってないのよね」

眞弓が複雑な表情をした。

「国税局に腰をあげさせるだけの材料があればいいんだが……」

島村が眉間に皺を寄せて、考え込む。

その話を聞きながら周一郎は考えていた。ここは自分の出番ではないかと。

「あの……私がさぐってみましょうか？」

口に出すと、五人がエッという顔を向けた。

「その、飯島尚美とやらの懐に飛び込んでみますよ」

「どうやって？」

と、眞弓が真剣な眼差しを向ける。

「たとえば、彼女にマッサージをするとか……リラックスしたら、人間は口が軽くなりますから。しかし、どうやってそこにこぎ着けるかだな」

顎に手を添えて方法を考えていると、島村が言った。

「それなら、私がやってみます。彼女のマンションはわかっていますから。狭い町ですからね……マンションのドアにマッサージのチラシでも差し込んでおきますよ。出張サービスありとでも書いておけば、乗ってくるかもしれない。ああいう職業だから、きっと肩も腰も凝るでしょうしね」

「そうね、乗ってきそうな気がするわ。それに、尾崎さんの魔法の指にかかれば、彼女もメロメロになるかもしれないし」

ドキッとするようなことを言って、眞弓は意味ありげに周一郎を見た。

周一郎は視線を伏せて、しばらくして美佳を見た。美佳は眉根を寄せて何かを考えている様子だが、おそらく、周一郎と眞弓の間に肉体関係があることは、察知できていないだろう。

先日、美佳を抱いてから、彼女を見るたびに心も体もあのときの至福を思い出して、たまらなくなる。また、抱きたくなる。

だが、今はそれどころではない。美佳を安心させるまでは、この銭湯を軌道に乗せるまでは、我慢しよう……。

周一郎は沸き立つ気持ちをぐっと抑えた。

3

翌日、靖男は、美佳からの三百万と眞弓からの七百万、合わせて一千万を取立屋に返した。

彼らは驚いて、どこから出た金なのか問い質《ただ》したが、靖男はそれには口を噤《つぐ》んだ。居酒屋『満月』に迷惑がかかることを恐れたからだ。

その翌日、靖男は由布子を追い出した。柳瀬の高級外車が迎えに来て、由布子はそれに乗り、『鶴の湯』を出た。

柳瀬は決して、由布子の働きに満足はしていないだろう。もともとサディストなのだ。由布子の前途を思うと、暗澹《あんたん》たる気持ちになった。暴力をふるわれるのではないかとも思った。だが、仕方がない。由布子をこれ以上ここに置いておくわけにはいかないのだから。

そして、『鶴の湯』再建のための打ち合わせが、眞弓との間で幾度となく行われていたそのとき、周一郎のケータイに見知らぬ番号からの電話がかかってきた。出ると、例の飯島尚美からだった。出張マッサージを頼みたいのだという。

してやったりと、周一郎は膝を打つ。どうやら、チラシが効果を発揮したらしい。

一時間後、周一郎は『鶴の湯』のマッサージを早めに切りあげて、尚美のマンションに向かった。

このへんには珍しい瀟洒《しようしや》なマンションの五階に、尚美は住んでいた。

玄関に迎えに出た尚美は、想像していた以上の彫りの深い美人で、すらっとした長身をガウンに包んでいた。

メガネはかけていなかった。おそらく、日常ではかけないのだろう。メガネをかけているほうが知的に見えて、秘書としてはふさわしいと考えているのかもしれない。

「お待ちしていました。どうぞ」

対応も爽やかで、如才《じよさい》がない。まとっている臙脂色のガウンはショートサイズで、すらりと長い足の太腿がのぞいている。

玄関には女性用のものと男性用のゴルフバッグが立てかけてあった。

(おかしいな。結婚しているとは聞いていないんだが)

首をひねりながら、後についていく。

2LDKのマンションは広々としていて、家具も外国のブランド品らしい。調度品も豪華で、部屋全体がいかにも金がかかっている。『石黒』の社長秘書はよほど給料がいいのだろう。

「少しお話しましょうか。どうぞ」

尚美は周一郎に総革張りのソファを勧め、自分はひとり掛けのソファに腰をおろした。足を組んだので、臙脂色のショートガウンから見事な脚線美を誇る足が、かなり際どいところまでのぞいた。

「お名前は？」

「尾崎と申します」

「尾崎さん……いいお名前ね。尾崎豊、ジャンボ尾崎、尾崎紀世彦……みんな、男らしいもの」

すらすらと名前を挙げて、尚美は微笑む。頭の回転も速いし、相手を褒める術《すべ》も心得ている。さすが、社長秘書だと感じた。

「以前はお見かけしなかったわね。最近、ここに？」

どうやら、自分が『鶴の湯』で働いていることはばれていないようだ。だったら、隠しておいたほうがいい。

「ええ。ここに移ってきて、まだはじめたばかりです。以前は東京でマッサージ店を幾つか持っていました。よろしくお願いします」

と、周一郎は頭をさげる。

「ふうん、なんか訳ありね。でも、お店を持っていたくらいなんだから、腕は確かのようね……わかったわ。じゃあ、早速頼もうかしら」

身元調査を終えて一応合格が出たようだ。周一郎はバッグを抱え、尚美の後をついて、隣室に入っていく。

寝室らしいその部屋はフローリングの床に大きなダブルベッドが置いてあった。男物のゴルフバッグといい、明らかにひとりでは広すぎるベッドといい、どうもおかしい。ひょっとして……。

周一郎は身上調査に移る。

「あの……失礼ですが、どなたかと一緒に住んでいらっしゃるんですか？」

「どうして？」

尚美がベッドに座って言う。

「いや、ゴルフバッグといい、このベッドといい……」

「あら、尾崎さんのような商売は、顧客のプライバシーには立ち入らないんじゃなくて？」

「ああ、はい……すみません。マッサージをしている間にどなたかがいらっしゃると気が散りますので」

「大丈夫。今夜は来ないわ……それに、わたしは独身よ。わかった？　それ以上は察したら」

そう言って、尚美は立ちあがり、ガウンの紐に手をかける。

マッサージオイルでベッドが汚れないように特大のバスタオルをベッドに敷きながら、周一郎は思った。

（やはり、愛人がいるのだ。だとしたら、相手は『石黒』の社長の可能性が高い。そうでなければ、これだけ豪華な家具や調度品は無理だろう。それに、『石黒』のようなヤクザな商売をする会社の社長ならば、秘書を愛人にするなど何とも思っていないはずだ。そして、社長の愛人ならば、ピロートークで普通の秘書には明らかにしない内輪の事情を打ち明けている可能性が高い）

そんなことを考えながら周一郎が用意をしていると、尚美がガウンを脱いだ。

現れた裸身はそれこそミロのヴィーナスの彫像のように、見事としか言いようのないものだった。

三十一歳だと聞いていたが、肌はすべすべで贅肉などひとかけらもない。

溜息が出るような釣鐘形の美しい乳房を手で隠して、尚美はバスタオルにうつ伏せに寝た。背中からくびれたウエストにかけての狭まり具合、引き締まった腰からぷりんっと持ちあがった大きなヒップ……。

このボディなら、『石黒』の社長ならずとも、手を出したくなるはずだ。

股間のものがたちまち頭をもたげてくる。それを隠して、まずは肩から二の腕にかけて、マッサージオイルを塗りつける。

ハーブから抽出したエッセンシャルオイルをベースオイルで薄めたもので、今夜はラベンダーとローズマリーを中心とした芳香を放つものを使っている。

なめらかな肌に塗り伸ばしていくと、フローラルで魅惑的なフレグランスが周囲に散った。

「きれいな身体をしていらっしゃいますね」

パウダーを振りかけたようなすべすべした肌をさすりながら、褒める。

「そう言ってもらえるとうれしいわ。女も三十を越えるとお肌の曲がり角だから、日頃の手入れが大変なのよ」

相手が一介《いっかい》のマッサージ師だという思いがあるのか、尚美はいろいろと話してくれる。日頃、社長秘書という寡黙《かもく》を強《し》いられる職に就いているから、こういうときにお喋りをしたくなるのかもしれない。

きめ細かい上質の肌に感嘆しながら、肩のマッサージを終えて、背中へとマッサージオイルを伸ばしていく。

とくに背中はすべすべで引っ掛かるところがひとつもない。

頭の側に位置して、覆いかぶさるように背中を尻に向かって大きなストロークでさすっていると、尚美の頭部が周一郎の股間に触れた。

「ふふっ、硬いものが頭にあたっているわよ。こんなマッサージ師、初めて」

尚美がクスッと笑った。

「すみません。飯島さまがセクシーすぎるんです」

「ふふっ、お世辞も言えるのね」

そう言って、尚美は右手を周一郎の股間に伸ばした。あっと思ったときは、勃起したイチモツをつかまれていた。

「いや、あの……」

「ズボンが邪魔だわ。脱いで」

「いや、でも……」

「こんなにおっ勃《た》ててるくせに。いいから、脱いで……じゃないと、もう頼まないわよ」

美人秘書は一皮剝くと、牝獣のような女だった。

ただ今回の目的は、尚美の口から『石黒』の脱税に関する言質《げんち》を取ることだ。そのためには、セックスに持ち込んだほうがいいから、むしろこのほうがありがたい。

周一郎はいったん立ちあがって、ズボンを脱いだ。尚美が下着もと言うので、トランクスもおろして足先から抜き取った。

こんなときにも、分身は白衣から顔をのぞかせて、あさましくいきりたっている。

この土地に来る前は排尿器官に堕《だ》していた不肖のムスコが、最近は少しの刺激で力を漲らせる。ここで何人もの女とまぐわって、セガレが往時の感覚を取り戻したのに違いない。そのことが恥ずかしくも、また誇らしくもある。

肉棹を膨張させたまま、ふたたび前にしゃがみ、覆いかぶさるように背中を撫でさする。すると、尚美は怒張を握って、しごきはじめた。

「うっ……」

うねりあがる快感に、周一郎が思わず手の動きを止めて唸ると、

「どうしたの？　ダメじゃない。きちんとマッサージしないと、料金払わないわよ」

尚美が言った。なんとなく尚美の心境がわかった。

一介のマッサージ師、昔で言うと按摩《あんま》を、自分より下に見ているのだ。見くだしているのだ。そのことによって、日頃のストレスを発散しているのかもしれない。

周一郎は場所を移して、尚美の下半身にしゃがみ、腰をマッサージする。

最初から布をあてがっていなかったので、大きく張り出したヒップは剝き出しだ。

腰から尻へといたる部分に手をあてて、手のひらで押し込むようにして体重をかけると、

「ああ、それいい……子宮に響いてくる」

尚美が気持ち良さそうな声をあげる。

秘書のように常に緊張を強いられる仕事は、腰にくることが多い。そこをマッサー

ジして鬱血《うっけつ》を取ってやると、尚美は顔を埋めて「ぁあぁぁ」と至福の声を長く伸ばした。

「効いているようですね」

「ええ、気持ちいいわ。凝りが取れていくのがわかる」

尚美がバスタオルに顔を埋めたまま、うっとりと答える。

周一郎はマッサージオイルをたっぷりと尻に塗りつけ、ヒップを持ちあげるようにして揉みあげる。すると、豊かな尻たぶがぷるるんと揺れて、ネチッ、ネチッと音がする。

尻たぶがあがるにつれて、淫口の合わせ目も開き、音がしているのだ。つまり、すでにあそこは濡れているということになる。

周一郎はここぞとばかりに腰の両サイドから押すようにして、尻たぶを震わせる。さらには、尻たぶを円を描くようにまわし揉みし、ついには尻と太腿の境目を両手でつかむようにして揺すりあげる。

裂唇がくっつき離れるネチャ、ネチッという音がして、

「ぁあぁぁ、それ……あうぅぅ」

尚美がもっとと言わんばかりに尻を突きあげ、顔をバスタオルに埋め込んだ。きっと、涎が垂れてシミを作っていることだろう。

「どうしました？」

わかっていて聞くと、

「ああっ、切ないわ。あそこに触って」

尚美が命令口調で言う。

「でも、そうなると、特別料金をいただくことになりますよ」

「払うわよ。だから……」

尚美は持ちあげた尻をくねくねと横揺れさせる。周一郎がじっとしていると、

「いいから、早くして！」

周一郎を叱咤する。

こんな美人が相手だと、叱咤が快感である。周一郎は、股えくぼ、点心と性感のツボが並ぶ鼠蹊部に手をあてて、ぶるぶると震わせる。

「ああうぅ……いい……ジーンとする。ああっ、もどかしい。たまらない、たまらない……じかに触れて。早く」

「どこに触れるんです？」

「どこにって……決まってるじゃない。アソコよ」

「アソコではわかりません」

「オ、オマ×マンよ……ああ、言わせないで」

自分より社会的地位の低いマッサージ師になぶられながらも、尚美のなかではそれが快感に転じているようで、尻たぶの間に息づく裂唇からはじゅくじゅくと蜜があふれだし、蛍光灯の明かりを反射していやらしく光っている。

「社長秘書ともあろう方が、そんな卑猥な言葉をつかってはいけません」

「ああん……もう、いいから、ちょうだい。早く」

尚美がくくっと尻を持ちあげた。

薄い肉びらがめくれあがったそこには、鶏冠《とさか》色の内部が複雑に入り組んで、ぬるっとした光沢を放っている。上のほうに、小さな孔がひくついて、そこからも透明な蜜があふれだしていた。

周一郎はオイルにまみれた中指と薬指を合わせて、小さな孔に押し込んでいく。

二本の指が細道に嵌まり込んで、

「うっ……！」

左右の尻たぶがびくっと引き締まる。

奥へと向かうにつれて温度があがる女の祠は、抜群の緊縮力でもって指を締めつけてくる。

「ぬるぬるですね。美人なのに、男に飢えていたとしか思えない」

「あうぅぅ……そうじゃないの。男はいるのよ。ただ……アレが勃たなくて」

理性的であるはずの女が自分の秘密を口にする。性感の昂りが、尚美の理性を奪っているのだ。

尚美のパトロンは『石黒』の社長に違いないと確信を持った。『石黒』の社長は確かもう七十過ぎと聞いていた。どんな性豪でも歳をとると、アレがままならなくなるのだろう。

納得して、周一郎は指を伸ばしていく。中程で大きく曲がっている膣を押し広げながら、奥に届かせる。

コリッとした子宮口があり、その横のTスポットを指先でぐにぐにと揉むと、

「ああ、そこ……くううぅぅぅぅぅ」

尚美は肘を立てて背中を反らした。膣全体が快感でぶわっとふくらむのがわかる。

子宮の周囲を押してから、今度は指を入口から数センチの腹側にあてて、細かく叩くようにしてバイブレーションさせる。Gスポットである。

「いやあん……ダメ。そこ、ダメ……や、や、やっ……」

「どうしました？」

「へんなの……オシッコが出そう。やめて、やめて……ダメ、ダメ、ぁあぁぁぁぁぁあ……うぐっ」

尚美が昇りつめたのがわかる。膣肉が痙攣して、指をくっと締めつけてくる。

やがて、痙攣が終わると、尚美はぐったりとなった。

4

周一郎は尚美を仰向けにして、女体にマッサージオイルを伸ばしながら、乳房を愛撫する。

尚美は一度イカされていっそう身体が目覚めたのか、指が乳首に触れるだけで、ビクッ、ビクッと裸身を震わせる。

たとえ社長秘書の知的な女でも、性のさしせまった欲求には勝てないのだ。

周一郎は、女はかわいいと思う。とくに、性的欲求に身を任せているときの女は、愛しく感じるし、この女をもっと悦ばせてやろうと全身に力が漲る。

周一郎は乳房を性感マッサージで揉みほぐし、乳首から真下におろしたところにある性感のツボである乳根に適度な指圧を加える。

「あううぅ、そこ……あぁぅ、いい、いい……」

そう喘いだ尚美の、下腹部がせりあがる。いったん持ちあがった腰がストンと落ちて、今度は横揺れする。その間も、あふれだした蜜がバスタオルにシミを作る。

どうやら、体液の量が多いタイプのようだ。

周一郎は脇腹を撫でおろす。小気味よくくびれたウエストから大きく張り出したヒップにかけておろし、そこから逆にかるくなぞりあげていく。

「ハアーッ！」

尚美が息を呑み、顎をせりあげた。きめ細かい肌がいっせいに粟粒立ち、見事な裸身が細かく震えはじめる。

性感マッサージに身を任せていた尚美が、右手を伸ばして、周一郎の下腹部の肉棹を握った。

「我慢できない……これが欲しい」

そう言って、いきりたちを握りしごく。

周一郎は傲慢《ごうまん》な社長秘書に、フェラチオをさせたくなった。

「まだ、完全には大きくなっていないんですよ。申し訳ないが、咥えてもらえませんか？」

「えっ、これでまだ？」

うなずくと、尚美は起きて、周一郎をベッドに押し倒した。

自分は足のほうにしゃがんで、いきりたつものをいきなり咥え込んできた。

ジュブッ、ジュブッと唾音を立ててストロークさせると、いったん吐き出して顔をあげた。ウエーブヘアを艶《なまめ》かしくかきあげて片方に寄せると、勃起と二十センチほどの距離に顔を置いて、口をもぐもぐさせた。

見ていると、唇の間からぬらっと光るものが大量に落ちてきて、亀頭部の真ん中に命中した。もう一度、尚美は唾液を垂らす。

粘性が高い唾液が糸を引いて、尚美の口と亀頭部が唾液の架け橋で繋がった。

と、思ったら、尚美は顔を勃起に寄せ、亀頭の尿道口に溜まっている唾液を舌で塗り伸ばしていく。

その間も、唾液が絶えず口からあふれでて、周一郎の分身は水飴でも垂らしたようにべとべとになる。

愛蜜の量が多いと感じたのだが、どうも尚美は体液が人より大量に分泌される体質のようだ。

そのぶん、潤滑性が増して、まるでローションでも塗られてフェラチオされているようで、ひどく気持ちがいい。

尚美は音が立つほど激しく大きく唇をすべらせる。ぬるぬるの唾液が滴り落ちて、陰毛まで濡らしていた。

尚美は肉棹を吐き出して、きゅっ、きゅっとしごきながら、

「忘れていたわ。男のココってこんなにカチカチになるのね」

「……相手の方はこうはならないですか？」

「ええ……仕方ないわね、もう歳だから。そのぶん、たっぷりと舐めてくれるけど、とどめを刺してくれないから……後で自分でこっそりと慰めているのよ。みじめでしょ？」

嘆いてから、尚美はまた頬張ってくる。

今度はストロークしないで、ただ頬張って、なかで舌をねちっこくからませてくる。よく動く舌で、裏筋の発着点である包皮小体をちろちろとあやされて、分身が完全勃起した。

周一郎が二人の性生活を想像している間にも、尚美は傘の開いた怒張を唇で大きくしごきたてた。獣《けもの》が射止めた動物の肉を食い千切《ちぎ》るときのように顔をS字に振り、唾音を立ててストロークさせる。

「おおぅぅ……くぅぅぅぅ」

甘い疼きがジーンとした痺れに変わり、体内で溶岩流が地鳴りを起こす。

すると、それを察したのか、尚美が顔をあげて、腹にまたがってきた。

蹲踞《そんきょ》の姿勢で硬直をつかまれて、

「ちょっと、それは……」

周一郎は一応、とまどって見せる。

「大丈夫よ。このことは内緒にするから……いやだったら、いいのよ。もう、マッサージにあなたを呼ぶことはないから」

「いや、それは困ります」

「だったら、言うことを聞きなさい」

上から目線で言って、尚美は下を向き、勃起の角度を調節した。猛りたつ切っ先めがけて、尻を落とす。分身が一気に体内にのめり込み、

「うあぁぁ……」

尚美はおよそ秘書らしくない獣染みた声で呻いて、上体をのけぞらせる。

「ああ、すごいわ、太くて硬い。アソコが無理やり広げられてる」

自分の状態を説明して、尚美は自分から動きはじめた。

求められるままに両手の指を組み合わせて下から支えると、尚美は二本の腕に体重を乗せながら、腰を上下動させる。

内部はキツキツだった。

尚美が躍るように腰を縦に振ると、分身が狭い肉路をうがち、その緊縮力が伝わってくる。

だが、潤滑油の量が多いせいか、抜き差しはスムーズだ。

尚美が腰を上下動させると、愛蜜がこぼれて、周一郎の陰毛を濡らした。

「ああ、いい……これが欲しかった……たまらない」

心底から感じている声をあげ、尚美はスクワットでもするように腰をおろし、あげる。

周一郎はヴィーナス像のような裸身が躍るのに見とれながらもどこか冷静で、頭の片隅では、尚美から脱税の情報を聞き出す術を考えていたのだが、そのチャンスは今しかない。

周一郎が躍りあがる腰を両手で押さえつけて、動きを封じると、

「ああっ、動きたいの。どうして？」

尚美は色情をたたえた目で、もどかしそうに周一郎を見おろしてくる。

「きっちり、イカせます。その前に、どうしても聞きたいことがあるんです」

「何よ、こんなときに？」

「『石黒』はレジャーセンターとかで、すごく景気がいいと、儲けていると聞きました。なんか秘訣があるんですかね？」

「……あなた、いきなり何を聞くの？」

「他意がある訳ではありません。私も一度は店を持った身だから、その秘訣を教えてもらえたらと思って」

「……そんなこと、自分で調べなさい。いいから、この手をどかして」

尚美が焦れたのか、腰をくいっとよじった。

周一郎は下から突きあげてやる。腰をつかまえておいて、グイグイと腰を撥ねあげる。

「ああ、いい……いいの、はうっ」

尚美が前に突っ伏してきたので、周一郎は膝を立てて動きやすくして、つづけざまに腰をせりあげた。野太い棍棒が狭い肉路を斜め上方に向かって擦りあげ、

「うあああぁぁぁぁ……たまらない」

腹の底からの声を出して、尚美はぎゅっとしがみついてくる。

そこで、周一郎は律動をぴたりとやめて、

「経営の秘訣を教えてください。他の人には言いませんから」

追い討ちをかけると、

「ひ、秘訣って……市場調査をして、必要とされていることを供給してやればいいのよ。わかった？　ねえ、突いて」

尚美はくなっと、せがむように腰をよじる。

「それだけですか？　それだけで、あれほど儲かるものなんですか？」

「……払うべきものを払わなきゃいいのよ」

とうとう、核心に触れた。

「と、言いますと？」

「税金のことよ……入場者数を低く申告したり、領収書に工作したり、設備投資の業者の請求金額を操作したり……やり方はいろいろとあるのよ」

「なるほど……前の店は正直に申告していたから、それがまずかったか」

「バカねえ、この不景気に正直に申告する会社なんかないわよ。うちなんか、累計したら何億と誤魔化しているのよ」

「そうですか……参考にさせていただきます」

「この話、絶対に口外しないでよ。わかっているわね」

「もちろん。そんなことしても、私にはメリットないですから」

「そうよね……もう、いいでしょ。今の気持ちいいわ……つづけて」

うなずいて、周一郎は下から腰を撥ねあげてやる。

一気呵成《いっきかせい》に腰をつかいながら、周一郎はしてやったりの気持ちだ。まさか、こんなに上手くいくとは思わなかった。

普通は口外しないことをぺらぺらと喋ったのだから、よほど性感が逼迫していたのだろう。女の欲望の前では、会社の秘密などあってなきがごとしだ。

さらに詳しく聞き出せればいいのだが、これ以上すると疑われる。

そして、こうも思った。もっと感じてさせて、二人の距離が縮まれば、具体的なことも聞けるかもしれないと。

周一郎は緩急をつけて突きあげ、乳房を揉みしだいた。キスをせまってみる。いやがられるかと思ったのだが、案に相違して、尚美は自分から唇を押しつけてきた。口を開いて濃厚なキスを交わし、舌を出していやらしくからみあわせる。

そのとき、尚美が思わぬことを言った。

「ねえ、ベランダでしましょ」

「いいんですか？」

「ええ……そのほうが感じるのよ」

ならばと、周一郎はいったん接合を外して、尚美とともにベランダに出る。

五階であり、この近くには高い建物がないから、よほどのことがない限り見られないだろう。だが、遠方からでも望遠鏡でも使えば二人の姿は見える。

遠くに、無数の星が煌《きら》めく夜空に包まれるようにして、山々の黒い稜線が見える。

確かに爽快ではあるが、尚美は不安にはならないのだろうか？

「ほんとうに大丈夫ですか？」

「平気よ。時々、しているから」

周一郎をベランダを背に立たせると、尚美は前にしゃがんで、力を失くしているものを口に含んだ。

本体を頬張られ、玉袋を下から手のひらで持ちあげて、やわやわされる。さらには、尚美は股ぐらに潜り込むようにして袋を下から口に含み、なかで睾丸《こうがん》を飴玉のようにしゃぶる。

信じられなかった。これほどの極上の美女が、周一郎のような男の股ぐらに顔を寄せ、醜い皺袋をしゃぶっている。しかも、ここはベランダだ。

尚美は左右の玉を交互に丹念に頬張ると、ちゅぱっと吐き出した。

それから、さらに潜り込んで、今度は玉袋の裏から肛門にかけて舌を這わせる。

その間も、伸びやかな指で本体を握りしごくので、周一郎の分身もいきりたつ。

夜陰に紛れて、白い女体がうごめいている。

やがて、本体に唇をかぶされて、大きく速いピッチで擦りあげられると、周一郎もまた挿入したくなる。

そんな気持ちを見透かしたように尚美は顔をあげて、立ちあがった。

周一郎は、薄暗がりのなかに浮かびあがる乳房を正面から揉みしだき、先端を吸った。思い切り吸いあげ、舌で上下左右に弾くと、

「ああ、いい……欲しくなったわ」

尚美はベランダの上部に両手を突き、腰をぐっと後ろに突き出した。

それから、柔軟体操の格好で背中をしならせ、右手を腹のほうから潜らせて、周一郎の勃起を導く。

尚美は唾液でぬめる猛りたちをつかんで、自らの秘芯に擦りつけた。それから、濡れ溝の孔に押し当てた。

周一郎が腰を突き出すと、硬直が濡れに濡れた女のとば口を割った。

「うっ……！」

低く呻いて、尚美は両手でベランダの上端をつかんだ。

晩夏の夜風が火照った体を適度に冷ましていく。そんななかで、女の膣肉がいっそう温かく感じられる。

洪水状態の肉路に腰を突き出すようにして、怒張を往復させる。

両手で腰をつかみ寄せ、徐々に打ち込みを強くしていった。すると、尚美は「うっ、うっ」と喘ぎを押し殺しながらも、顔を上げ下げして、もたらされる衝撃を歓喜に変える。

相変わらず愛蜜の分泌量は多く、すくいだされた透明な液体が太腿の内側までも濡らして、淫靡に光らせている。

腰をつかいながら、聞いた。

「こういうのが、好きなんですね」

「ええ……見られるかもしれないと思うと、なぜか燃えるのよ」

尚美がつねに外見には気をつかっているのはわかる。そんな尚美が露出プレイに燃えるというのは、他人の視線を意識していて、それが刺激になっているのではないかと思った。
周一郎は前に屈んで、形のいい乳房をとらえた。揉みしだき、先端の突起をこねる
と、尚美は鳩が鳴くような声を洩らし、もっとちょうだいとでも言うように尻を突き
出してくる。
乳房を揉んでいた手を接合部分におろし、巻き込まれているクリトリスを引き出し
て、蜜にまぶしながらくりくりとこねた。
「ぁあぁぁ、いい……ちょうだい。思い切り突いて」
尚美がせがんでくる。
周一郎はフィニッシュに向かおうと、肉棹を強く叩き込んだ。
パチン、パチンという乾いた音が立ち、夜の空気に吸い込まれて消えていく。
腰をつかいながら遠くを見ると、山の稜線が満点の星空に溶け込んでいる。
(やはり、外でのセックスは気分が解放される)
周一郎は見られるかもしれないという気持ちをいつの間にか忘れていた。気分爽快
で、激しく腰を叩きつける。
「うっ……うっ……ああ、くるわ。くる……ああ、へんよ。出そう……今よ、強いの
をちょうだい」

尚美が切羽詰まった様子でせがんでくる。

「いい……いい……くるわ、くる」

「そうら、イッていいんですよ」

周一郎も射精覚悟で激しく腰を叩きつけた。狭い肉路がすごい圧力で分身を締めつける快感に咽《むせ》びながら、なおもえぐりたてる。

「ああぁ……くる。イクぅ……はうっ」

尚美が昇りつめ、背中を反らして頭を撥ねあげた。膣の収縮を感じながら、周一郎はダメ押しの一撃を浴びせかける。

そのとき、分身が温かい液体に包まれるのを感じて、周一郎はとっさに分身を引き抜く。

すると、今男根が抜かれた女の孔から、ドバッ、ドバッと水しぶきが発射され、ベランダの床を打つ。

(オシッコか……？)

だが、尿特有の匂いはない。

(潮吹きか？)

どうもそうらしい。尚美は立っていられなくなって、ベランダにしゃがみこんだ。

噴出物はまだつづいていて、間欠泉《かんけつせん》のように噴き出した液体がベランダに水溜まりを作る。

「潮吹きなんですね？」

思わず確認していた。

座り込んでいた尚美が、こくっとうなずく。

潮を吹けばベッドを汚す。それがわかっていて、ベランダに場所を移したのに違いない。

（こんな才色兼備なのに、潮吹きか……）

周一郎は呆然《ぼうぜん》として、座り込んでいる尚美の背中を眺めていた。

第八章　旅立ちの朝

1

　一カ月後、『石黒』に国税局査察部による強制調査が入り、その結果、五億円もの脱税が明らかになった。

　査察部が動いたのは、眞弓による匿名《とくめい》での告発からだった。周一郎は知らなかったのだが、脱税の発覚のほとんどは匿名の通報によるものらしいのだ。

　国税局も『石黒』には目をつけていたらしく、動くのは早かった。そして、強制調査の結果、社長宅の応接間の床下金庫から何億もの現金や証書が発見されて、社長は脱税の罪で逮捕された。

　そして、追加納税、延滞金、重加算税、罰金などを合わせた大金を払うはめになった『石黒』は、自社が持っているレジャーランドKを人手に渡すことで、それをしのいだ。聞くところによると、『石黒』はこの県から撤退して、あらたな場所で再建をはかるらしい。

周一郎もしてやったりの気持ちだった。

『石黒』はあくどいことをして美佳の父親の寿命を縮めたり、『鶴の湯』の妨害工作をしたりと、ろくな会社ではなかったから、罪悪感などひとかけらもなかった。

そして、周一郎が何よりうれしいのは、『満月』の援助もあって、『鶴の湯』が軌道に乗りそうなことだ。

『鶴の湯』はリニューアルに向けて現在休業中で、工事関係の業者が入り、マッサージルーム、露天風呂、サウナなどの設営が行われていた。そして、『鶴の湯』の半券を持っていれば、歩いて五分の距離にある『満月』で中生ビール一杯がサービスとなる特典がつけられることになった。

新生『鶴の湯』のお披露目を一週間後に控えたその日の昼過ぎに、家を追い出されていた由布子が、尾羽《おは》打ち枯らして帰ってきた。

あれほど妖艶だった美貌が見る影もなくやつれはて、着ているものも薄汚れ、肌のいたるところに打ち身によるアザのようなものができていた。

由布子は、居間に集まってきた家族と周一郎の前に出るなりいきなり土下座して、

「ここに置いてください。お願いします」

と、額を畳に擦りつけた。

事情を聞いたところ、柳瀬としばらくは上手くいっていたが、『石黒』の脱税が発覚してからは、ひどい扱いを受けたのだという。

「お前が役目を果たさなかったからこういうことになった」と、柳瀬から殴る蹴るの乱暴を受けた。

それでも、由布子は柳瀬についていくつもりだったが、じつは柳瀬には妻がいて、他にも何人か愛人がいることがわかった。自分はその何人かのうちのひとりにしかすぎないと理解したとき、これまでの愛情が一気に冷めたのだという。

遅すぎる目覚めだった。

謝れば、それですべてが許されるというものでもない。

夫の靖男だって当然許さないだろう。そう思って見ると、靖男はなぜか涙ぐんでいる。目に涙を浮かべて、自分が追い出したはずの妻をじっと見ているのだ。

「靖男さん、お願いします。もう、あんなバカな真似はしません。いい妻になります。あなたに尽くします……ここに置いてください。他に行く場所がないんです。お願いします」

由布子が深々と頭をさげたので、ざんばらに乱れた髪が畳に枝垂《しだ》れ落ちる。

それを見ていた靖男がよろよろと近づいていった。

膝を突き、由布子の顔をあげさせ、慈しむように抱きしめながら言った。

「お前がいなくなって、寂しくて死にそうだった。今、言ったことはほんとうだな？いい女房になってくれるな？」

「はい……いい奥さんになるわ。子供も欲しい……」

「そうか……由布子、戻ってきてくれてありがとう」

二人が力の限りに抱き合っているのを見て、周一郎と美佳は顔を見合せて、席を立った。二人を残して、部屋を出る。

周一郎の胸には熱いものが込みあげていた。それは美佳も同じのようで、人差し指で目尻の涙をそっと拭っている。

由布子が戻ってくるなり、「ここに置いてください」と頭をさげたときには正直、鼻白《はなじろ》んだが、それからの二人のやりとりを見ているうちに、認めようという気持ちになった。

人の心がいかに移ろいやすいものであるかは痛いほどにわかっている。

だが、由布子の言葉を信じようと思った。由布子もつらい体験をした。高い授業料を払った上での言葉だから、信じていいのかもしれない。

周一郎と美佳は今の出来事を嚙みしめるように階段をあがっていく。サマーセーターを着て膝上のスカートを穿いた美佳は、いつ見ても清楚で美しい。二階の廊下に出たところで、周一郎は美佳に声をかけた。

「よかったじゃないか、お義姉《ねえ》さんが戻ってきて」

「はい……そう思います」

美佳も心底そう感じているようだった。

周一郎が自室に入ろうとすると、美佳もついてきた。招き入れて、入口を閉めたところで、美佳が身を預けてきた。

「どうした？」

「……なんか、わたし……」

美佳は周一郎の肩に顔を載せて、背中にまわした腕にぎゅっと力を込める。

兄夫婦の夫婦愛を目の当《ま》たりにして、気持ちが昂っているのだ。それは周一郎も同じだった。

コンディショナーの爽やかな匂いを嗅ぎ、その伸びやかな肢体を感じると、全身の血液が音を立てて循環する。

初めて肉体関係を持った日から、ずっと美佳を抱きたかった。美佳もそれを望んでいるのではないかと感じるときもあった。

それをこらえてきたのは、まずは『鶴の湯』の立て直しが先決だと思ったからだ。リニューアルした『鶴の湯』のお披露目が終わるまではと我慢していた。

しかし、もう解禁していいだろう。新生『鶴の湯』に向けての工事も順調に進んでいるし、由布子も戻ってきたのだから。

だが、肝心の美佳はどうなのだろう？　ほんとうに周一郎を愛してくれているのだろうか？

それを確かめるためにも、周一郎は美佳の顔をあげさせて瞳のなかを覗き込んだ。羞じらいに満ちた黒い瞳が心なしか潤んでいる。思わず、心のうちを吐露していた。

「あなたを抱きたい。今、抱きたい。ダメか？」

「……ダメではありません。こんなわたしでよかったら、抱いてください」

美佳はそう言って、じっと周一郎を見つめてくる。

周一郎が顔を寄せると、美佳は反対方向に顔を傾けて、目を閉じた。唇が合わさった瞬間に、股間のものが一瞬にして頭を持ちあげる。

この素晴らしい肉体を味わってからずっと欲望を抑えてきた。我慢してきた。そして、『鶴の湯』のために、いや、美佳のために全力を尽くした。

今、それが報《むく》われようとしているのだ。

美佳は両手を周一郎の首にかけ、下から抱きつくようにして唇を合わせてくる。

周一郎もそれにこたえて、上の唇と下の唇を交互に吸い、舌をからみあわせる。

この前よりずっと積極的で情熱的なキスに、周一郎の心も体もとろとろに蕩けていく。同時に、この女とひとつになりたいという男の欲望がうねりあがってきた。

周一郎は押入れから急いで布団を出した。

布団を敷いている間にも、美佳はカーテンを閉め、薄暗がりのなかで着衣を脱ぎはじめる。

サマーセーターを首から抜き取り、スカートをおろした。パールホワイトの清純な下着姿になると、背中のホックを外してブラジャーを肩から抜き取る。

恥ずかしそうに乳房を隠すのを見ながら、周一郎も服を脱ぎ、トランクスだけの姿になって、美佳を布団に招いた。

横たわらせると、向かい合う形で横臥して、惚れた女の裸身を抱きしめる。

「ずっと、こうしたかった」

「……わたしもです」

「騒動が一区切りつくまではと思って、我慢していた」

「はい……それはわかりました。わたしも同じ気持ちでした……今回のことはすごく感謝しています。周一郎さんがいらっしゃらなかったら、きっと『鶴の湯』は人手に渡っていました。あなたは『鶴の湯』の救世主です。なんてお礼を言ったらいいのか……」

「いいんだ。私は『石黒』のやり方が気に食わなかっただけだから」

「……それだけですか？」

「……いや、いいじゃないか、もう……とにかく、よかった」

周一郎は美佳の髪を撫で、背中をさすった。

「幸せ、すごく幸せ……怖いくらいに」

美佳は顎の下に顔を埋めて、じっとしている。

周一郎も至福を感じていた。美佳と心が繋がっている気がする。愛し合うとはこういうことなのだ。

こうして美佳の匂いや体温や身体のしなりを感じているだけで、股間のものはトランクスを突きあげ、早々と先走りの粘液をにじませている。

男の欲望がじわっと湧きあがってきて、美佳の裸身を撫でる手に力がこもった。背中から腰にかけてさすり、パンティに手をかけると、美佳は自分からパンティを脱いで、足先から抜き取った。周一郎を見て言った。

「今日は、美佳に愛させてください」

「えっ……？」

「上手く言えないけど、感謝の気持ちを……」

美佳は、仰向けに寝た周一郎に覆いかぶさるようにして、胸板にキスをする。

首すじから肩にかけて、つづけざまに唇を押しつけ、それから、小豆《あずき》色の乳首にもキスをする。

かるく含んで、なかで舌をからめてくる。枝垂れ落ちる黒髪をかきあげて片方に寄せ、またチュッとかわいく吸って、大きくなった乳首に舌を走らせる。

男性恐怖症に悩んでいた美佳が、自分から男を積極的に愛撫している。そのことが、周一郎には何よりうれしい。

決して上手いとは言えないキスや愛撫を、好ましく感じる。

美佳の顔が少しずつ腹のほうへとおりていった。

トランクスにたどりつくと、それがテントを張っているのを見つけて、びっくりしたように周一郎を見あげる。

「ゴメン。美佳さんを前にすると、こうなってしまう」

「いいんです。うれしいわ……だって、それだけ美佳を女として認めてくださってるってことだもの」

はにかむと笑窪ができて、さらに魅力が増す。

美佳は視線を戻して、トランクス越しにいきりたちを撫でてくる。最初はおずおずとさすっていたのに、徐々に大胆になっていき、ついには、肉棹の形を確かめるようになぞりあげ、かるく握った。

「うっ……！」

と、周一郎は声を洩らしていた。

「わたし、きっと上手くないです。だから、こうしろって指示してください」

「ああ、わかった……じゃあ、言うぞ。じかに触れてくれないか」

美佳はうなずいて、トランクスの脇のほう、即ち太腿との境から右手を忍ばせた。下側から手をすべり込ませて、男のシンボルをおずおずとまさぐる。最初は猛りたつものをとまどいがちにさすっていたが、やがて、握ってくる。

ゆったりと上下に擦りながら、うつむいて、肩で息をする。

下を向いた形のいい乳房が波打ち、頂上の突起が赤く色づいているのが見える。太腿の合わせ目には、薄い繊毛が煙っている。

2

この状態では動きがままならないと感じたのか、美佳はトランクスからいったん手を抜き、それを引きおろした。

ブルンッと頭を振って飛び出してきた分身を、美佳はちらっと見て、困ったように目を伏せる。

それから、ためらいを振り切るようにして言った。

「あの……わたし、お口でするのは初めてなんです。だから、きっと下手だと思います。周一郎さんに満足してもらえないと思います。それでも、いいですか？」

「ああ、もちろん。美佳さんにしてもらうだけで充分だよ」

答えると、美佳はほっとした様子を見せた。それでも、不安なのだろう。

周一郎の足の間に遠慮がちにしゃがんで、おずおずと右手を伸ばした。屹立の根元を握って、余った部分に顔を寄せる。

猛りたち、赤紫色の亀頭部をテカつかせるグロテスクなものを怯えたような目で見ながら、先端に慈しむようなキスを浴びせてくる。

それだけで、周一郎の分身は若者のように頭を振る。

一瞬、びっくりしたように美佳はキスをやめて、躍りあがる肉棹を見つめた。躍動が終わると、今度は舐めてくる。

亀頭部の割れ目に沿って、おずおずと舌を走らせる。それから顔を傾け、カリの突出部にまで舌を這わせていく。

経験がないとはいえ、二十七歳ともなればやり方は知っているのだろう。

亀頭部と本体の繋ぎ目に舌を押し込み、ツルッと舐めあげるようなことをする。

「上手いよ。全然、大丈夫じゃないか」

褒めると、少しは自信がついたのか、美佳ははにかむように微笑み、それから、亀頭の真裏にある包皮小体にちろちろと舌を遊ばせる。

裏筋の発着点は、ペニスの部位でも最も敏感だと言われている。そこを舌で刺激されると、うずうずした感じがふくれあがる。

「あの……どうしたら、もっと感じますか？」

美佳が顔をあげて、周一郎を見る。

「裏筋をかるく舐めあげてくれないか」

「はい……」

美佳は言われたように、肉棹の付け根に舌を添え、そこから触れるか触れないかの微妙なタッチでツーッと舐めあげてくる。

「うっ……」

全身が鳥肌立つような快感に、周一郎は唸った。

すると、美佳はふたたび同じようにして、舌を這いあがらせる。

肉体的な快感以上に、精神的な愉悦が大きかった。今、周一郎のおぞましい分身を愛撫しているのは惚れ抜いた女であり、また二十七歳でありながら初々しさを残した貴重な女なのだ。

そして、美佳は自分にだけ気持ちを許してくれる。

愛し合い、なおかつ肉体的な相性もいい。こういう女はそうそういない。大切にしなければと思う。

「ありがとう。今度は咥えてくれないか。無理しなくていいから、ただ咥えるだけでいい」

「はい……やってみます」

上体を乗り出すようにして、美佳は屹立に唇をかぶせた。ゆっくりと慎重に頬張ってくる。

周一郎の持ち物は太いし、美佳の口は小さめだから、きっとつらいのだろう。途中まで唇をかぶせ、そこで動きを止めて、肩で息をする。

「大丈夫か？　無理しなくていいからな」

声をかけると、美佳は咥えたまま上目遣いにこちらを見て、周一郎の言葉に反発するように、もっと奥へと唇をすべらせた。

次の瞬間、高圧電線に触れたかのように一瞬にして飛び退き、えずいた。つぶらな瞳に見る間に涙がにじむ。

「すみません……」

「言っただろ。無理しなくていいよ」

「いえ、やらせてください」

美佳は決意を眦《まなじり》ににじませて、ふたたび頬張ってくる。慎重に唇を根元へとすべらせていく。ついには、唇が陰毛に接するまで頬張り、そこで肩で息をする。

ゆっくりと唇をカリまで引きあげ、そこからまた、下へとおろしていく。

（ああ、とうとうフェラチオまで……）

性器の結合とフェラチオは違う。インサートは女の意志がなくてもできるが、フェラチオには女の意志が大いに反映される。今も、周一郎は美佳の自分への強い愛情を感じる。周一郎を悦ばせたい、この人に尽くしたいという心情を、唇や舌の動きからつぶさに感じ取れる。

その姿をもっと見たくなり、周一郎は肘を突いて上体を立てた。

美佳は枝垂れ落ちる髪を時々かきあげながら、覆いかぶさるようにして周一郎の分身に唇を一心不乱にすべらせている。めくれあがる唇と凹《へこ》んでいる頬、きゅっとくびれたウエストから優美な曲線を描いてせりだすヒップ……。

目に入るすべての光景が、周一郎を至福へと導く。美佳の女の部分をかわいがりたくなった。

「ありがとう。今度は、こちらにお尻を向けてくれないか」

言うと、美佳は髪をかきあげながら上体を起こし、ためらっている。

「どうした？」

「恥ずかしいです」

「もっと、美佳さんを愛したいんだ。頼む」

懇願すると、美佳は逡巡《しゅんじゅん》を吹っ切るように、後ろ向きで片足をあげ、周一郎をまたぎ、

「やっ……」

と、こちらを向いた尻の狭間を手で隠す。

「悪いが、手であそこを握ってしごいてほしい」

「あまり、見ないでくださいね」

そう言って、美佳は両手を前に差し出して、おずおずと肉棹を握る。

あらわになった女の苑に、周一郎は固唾《かたず》を呑んだ。

すでに一度目にしたものである。だがこの角度で見ると、また様相が違う。

形よく張り出した双臀の合わさるところには、セピア色の小さな窄まりがのぞいている。後ろの孔さえ、清楚だ。

その下に女の口が息づき、清楚で薄く、わずかに波打つ花びらがぴったりと花芯を隠している。

周一郎は、尻たぶに指を添えて、ぐいっと外に開いた。すると、尻たぶとともに花

びらも開いて、鮮やかな珊瑚色が顔をのぞかせる。

「ああ、いやっ……」

美佳が腰を前に逃がそうとする。それをとらえて引き戻して、尻たぶの底にしゃぶりつくと、

「あっ、やっ……うっ！」

顔を伏せた美佳の動きが止まった。

無我夢中で、周一郎は最も欲しかったものを口で愛玩する。

充血してまくれあがった肉びらの狭間に沿って舌を走らせた。そこはすでに蜜をあふれさせて、薄明かりのなかでも淫靡な光沢を放っていた。上下に舐めて、肉びらをまとめて口に含む。

「あうぅぅ……」

と、美佳が低く呻いて、背中をしならせる。

かまわず、舐めしゃぶった。

カルピスに似た味覚が舌の上で弾け、女性器特有のなめらかで柔らかな肉層がまとわりついてくる。

「悪いけど、口でしてくれないか」

「はい……」

しばらくして、分身が温かくてなめらかな口に包まれた。

「動かせるかい？」

すぐに、唇がすべりはじめた。いきりたつ分身の血管の浮き出た表面を、柔らかな唇と潤みきった舌が挟みつけながら上下動する。

そして、美佳が前に乗り出したぶん、尻があがり、舌をつかいやすくなった。

下方で息づく小さな小さな肉芽を、その包皮を剝いてあらわにして、舌であやす。丸く舐め、上下左右に撥ねる。今度は吸う。

それを繰り返しているうちに、丸々とした尻が震えはじめた。痙攣は全身に及び、ついに口の上下動が止まった。

「口がお留守になってるよ」

柔らかく叱咤すると、美佳は思い出したように、また顔を打ち振る。

周一郎も肉芽をしゃぶる。赤みが強くなり、幾分体積も増した小さな突起を舌であやすと、

「うぐぐっ……」

ふたたび、美佳は咥えるだけになった。

「口は？」

美佳はまた顔を打ち振って唇をすべらせる。だが、周一郎がクンニをはじめると、

口の動きが止まり、尻がもどかしそうにくねりはじめる。

「ぅうう……ぅうぅぅ」

肉棹を咥え込んだ口からくぐもった声を洩らしながら、美佳は全身を時々ぶるるっと震わせる。

自分と会う前はほとんど男性経験がなく、女の悦びを知らなかったという。その女が周一郎の愛撫にだけは応えて喜悦に身をよじる。

自分が男であることを強く感じた。男に生まれてきてよかったと思った。

3

周一郎は、美佳の下から這い出して、後ろについた。

「ああ、この格好、いや……」

美佳がいったん腰を引く。

「お尻が大きいし、胸は小さいし……だから」

「それはないよ。美佳さんはほんとうにきれいな身体をしている」

そう言って、周一郎は尻をつかんで引き寄せる。

おそらく、美佳は義姉《あね》と自分を較べているのだろうが、美佳の裸身は充分美しい。

ウエストがくびれているせいか、背中から腰にかけてのラインは逆三角形に近い形をしていた。そして、両手でつかめそうな細いウエストから発達した尻がぐんと張り出している。

官能美を極めたような女体の曲線である。これで、コンプレックスがあるというのなら、他の女の立つ瀬はない。

周一郎は尻たぶの底に怒張を押しあてて、ゆっくりと押し込んだ。窮屈な肉路を分身がこじ開けていく感触があって、

「うっ……」

と、美佳の顔が撥ねあがる。

(ああ、これだ。私はこのために全力を尽くしてきたのだ)

窮屈な肉路が適度な圧力でもって、分身を包み込んでくる。内部の肉襞が侵入者をくいっ、くいっと内側へと手繰《たぐ》り寄せるようなうごめきを見せ、周一郎は奥歯をくいしばって暴発をこらえる。

抜き差しをすることさえ、もったいなかった。

だが、内部の引き込むような動きが、周一郎をかきたてる。

腰をつかみ寄せて、ゆったりと突く。動かされている感じだった。

抜き差しのたびに、肉襞が分身にまとわりついて、陰唇がまくれあがる。

周一郎は腕を伸ばして、乳房を揉みしだき、乳首をこねる。その手を接合部分におろして、巻き込まれたクリトリスを転がす。

そうしながら、ゆるやかに腰を打ちつける。やがて、抜き差しがスムーズになり、抑えきれない声が洩れた。

「うっ……あっ……あうぅ、周一郎さん」

「なんだ、どうした？」

「いいの。いい……どうして？　あなたとすると、ほんとうに気持ちがいいの」

そう口走りながら、美佳は顔を上げ下げし、シーツを握りしめる。

「私もだよ。美佳さんとすると、気持ち良すぎて狂いそうになる」

「……周一郎さん、ずっとここにいてくださいね。どこかに行ってはいやよ」

「わかっている。美佳さんの力になりたいんだ。あなたに出会えて、ほんとうによかった。美佳さんを幸せにするよ」

普通なら照れて言えない言葉が、するりと口を衝《つ》いて出る。

周一郎は惚れた女を喜悦に導くために、ふたたび腰をつかいだす。ほっそりしたウエストを両手でつかみ寄せ、打ち込みを徐々に強くしていく。

気球のようにふくれあがった尻たぶが弾み、剛直が女の祠にめり込んでいく。小ぶりの陰唇がまくれあがり、透明な蜜がすくいだされて、陰毛を濡らす。

「あっ……うっ……いいの、いいの。響いてきます」

美佳は腕を立てていられなくなったのか、肘を突き、上体を低くして尻だけを高々と持ちあげた。しなやかな肢体が最も悩ましく見えるポーズで打ち込みを受け止め、歓喜に咽ぶ。

「おおぅ、美佳さん、美佳！」

名前を呼ぶたびに、全身に歓喜の電流が走り抜けた。

「ああ、周一郎さん。いいの、いいの……あうぅ、ダメっ、あっ……」

美佳が前に突っ伏したので、接合が外れて、目標を失った怒張が天井に向かってそそりたつ。

美佳は腹這いになって息を弾ませている。気を遣ったというより、刺激が許容量を超えてしまったのだろう。しばらく休ませておいて、

「大丈夫か？」

声をかけると、美佳はだるそうに向き直って、はにかむようにうなずいた。

それから、周一郎の股間で勢いを失くしているものに目をやる。それは、時間が経過したせいか、さっきまでの力強さを失くしていた。

「ゴメン。小さくなってしまった」

謝ると、美佳はこちらに近づいてきた。

立ちあがっている周一郎の前にしゃがんで、正座の状態から腰をあげ、肉の芋虫の根元をそっとつかんだ。

「威張っているときは怖いけど、休んでいるときはかわいいんですね」

周一郎のムスコを微笑ましげに見て、口を寄せる。

肉茎に付着した蜜を清めるかのように舌を走らせ、そして、頬張ってきた。

口のなかで舌がからみ、くちゅくちゅと揉み込まれるうちに、分身はたちまち力を漲らせる。

信じられなかった。あの美佳が小さくなったものを大きくしようと躍起になっている。自分の蜜が付着しているのを厭うこともせずに、周一郎の分身を一心不乱に頬張っている。

枝垂れ落ちる髪に隠れた頬がぺこんと凹むほどに吸い、肉茎の表面にからみついた唇が勢いよくすべり動く。

「美佳……」

名前を呼ぶと、美佳が咥えたまま上目遣いに周一郎を見あげてる。

「自分で腰を動かしたいんだけど、いいか？」

すると、美佳は頬張ったまま小さくうなずいた。

周一郎は美佳の顔を両側から挟み込むようにして、ゆっくりと慎重に腰を前後に振った。

おぞましい肉の棍棒に上品な唇がまとわりつき、スライドするたびに唇がまくれあがる。

美佳を支配している気がして、自然に腰のピッチがあがった。

苦しげに眉根を寄せながらも、美佳はそれをいやがることなく、むしろこれが使命だと言わんばかりに、抜き差しされるものに唇をかぶせている。

「おぉ、気持ちがいいぞ」

思わず吼えると、美佳は頰張ったまま上目遣いに視線をあげた。二人の視線がからみあう。

幸せそうな顔で、周一郎を見あげる美佳。

周一郎も至福の表情で、美佳を見る。

二人の魂が溶け合ってひとつになった気がする。

「美佳、美佳……」

名前を呼びながら、漆黒の柔らかな髪を撫でた。美佳もうっとりとした表情で見あげてくる。

「また入れたくなった。いいかい？」

打診すると、美佳は目でうなずいた。

周一郎は腰を引いて分身を口から抜くと、美佳を布団に仰向けに寝かせた。

薄暗がりに慣れて、美佳の裸身がはっきりと見える。カーテンの隙間から射し込んだ一条の陽光が、汗で湿った肌を白く浮かびあがらせ、陰になった部分との対比がひどく艶かしい。

膝をすくいあげて屹立をあてると、美佳のそこはとろとろの蜜にまぶされていた。体重を載せると、分身がぬるっと嵌まり込んでいく。

「ぅあっ……」

低く呻いて、美佳は顎をせりあげる。

熱いと感じるほどに熱を持った肉路がうごめくように分身を包み込んでくる快感に、周一郎はしばし酔いしれた。

それから、膝を離して覆いかぶさっていく。上体をぴったりと合わせて、静かに腰を動かすと、

「ああぁ……あうぅぅ……いいの、いい」

美佳は心の底から感じている声をあげて、周一郎の肩にしがみついてくる。

もっと、ひとつになりたかった。

周一郎は唇を奪い、舌をからませていく。すると、美佳も自分から積極的に舌をまとわりつかせる。

上と下の口で、二人は深々と繋がっていた。

周一郎はこの歳になって初めて、惚れあった者同士のセックスの素晴らしさを知ったような気がする。

今度は耳元にキスを浴びせながら、打ち込みのピッチを少しずつあげていく。美佳は足を大きくM字に開いて、周一郎の腰を挟みつけながら、

「いいの。感じすぎて、怖い」

と、肩にぎゅっとしがみついてくる。

「大丈夫。もっと気持ち良くなっていいんだ。私がついている。すべてゆだねていいんだから」

耳元で力強く言って、周一郎は上体を少し立て、腕立て伏せの格好になる。

美佳の折り曲げた足を両脇で押さえつけるようにして、腰を打ち据えていく。

膣が上を向き、打ちおろす周一郎のペニスとぴたりと角度があった。

「あああぁ、くうぅぅ……周一郎さん、おかしいの……イキそう」

美佳が周一郎の腕をぎゅっと握って、さしせまった表情で見あげてくる。

「いいんだぞ、イッて……私もイキそうだ。一緒にイクぞ」

悩ましい表情を見ながら、打ち込みのピッチをあげた。

浅く、浅く、深くのワルツのリズムで緩急をつける。アン・ドゥ・トワァで三拍目

でぐいっと奥まで突き入れる。

「はあ、あああ……」

美佳はこの女がと思うような獣染みた声を放ち、眉根を寄せた今にも泣き出さんばかりの表情で大きくのけぞる。

狭隘《きょうあい》な肉路がすべり動く肉棹を締めつけてきて、周一郎も追い込まれた。

気を遣《や》るときはもっとひとつになりたい。周一郎は足を離して覆いかぶさり、右手を首の後ろにまわして、女体を引き寄せる。

打ち込むたびに、膣壁の奥のほうが亀頭冠にぐにぐにとまとわりついてきて、甘い疼きが急速にひろがった。

「おおぅ、美佳。イクぞ。出すぞ」

「ああぁ　ください。イキます。美佳もイキます……あうぐぐ」

「そうら、イケ。そうら」

連続して腰をつかい、これでもかとばかりに打ちつけると、

「あっ、あっ……ダメっ。イク、イキます。やぁあああぁぁぁぁ、はうっ」

美佳は表情が見えないほどに首から上をのけぞらせて、ガクン、ガクンと躍りあがった。

気を遣るのを確かめて、周一郎も駄目押しの一撃を叩き込む。ぐいと根元まで埋め

込んだとき、周一郎にも至福の瞬間が訪れた。

「うっ……！」

と呻いて、下腹をぴったりと押しつける。

魂までもが流れ出したかと思うような峻烈な射精だった。精液が噴出するたびに、全身のエネルギーが吸い取られていくようだ。

これ以上の悦びが他にあるとは思えない。

痺れるような射精が終わり、周一郎は腰を引いて、すぐ隣にごろんと横になる。

ゼイゼイとした息づかいがちっともおさまらない。

激しい呼吸がようやくおさまった頃になって、美佳がにじり寄ってきた。

周一郎の胸に顔を載せて、

「幸せです、怖いくらいに……ずっと、ここにいてくださいね。東京には戻ってほしくない」

「美佳がそう言ってくれるなら、ずっとここにいる。心配しなくていい」

周一郎はこの幸せな時がいつまでもつづくことを祈って、さらさらの髪を慈しむように撫でさすった。

4

だが数日後、周一郎は絶望の淵《ふち》に立たされていた。

じつは、周一郎が過去に無免許マッサージ師を雇って罪に問われ、現在マッサージ師の免許を剝奪されていることが、あっと言う間に近所に知れわたったのだ。

美男のヤクザ風男が言いふらしていたというから、おそらく、柳瀬だろう。

周一郎の過去を調べた柳瀬が、腹いせにその情報を周囲に流布したのだ。

すぐに、眞弓が飛んできて、周一郎にそれが事実かどうかを問い質した。

誤魔化しても調べれば、いずれわかることだ。

周一郎は「そのとおりです」と事実を認めた。

『鶴の湯』はリニューアル・オープンを数日後に控えていた。すぐに関係者が集まって、対策会議が開かれた。

そこで、周一郎が『鶴の湯』を出ることを告げると、美佳がハッとしたように目を見開いて、いやいやをするように首を振った。

残りたいのは山々だが、どうしようもなかった。

マッサージ店を開業するわけではないから、問題ないと考えていた。クイック・マッサージくらいなら、無免許で行っているところがほとんどだ。

だが、しかし、自分の罪科が近所に知れわたったとなると、話は違ってくる。それに、その情報をつかんだ『石黒』が黙っているとは思えない。周一郎が『鶴の湯』でマッサージをつづければ、おそらく、当局にそのことを密告するだろう。

周一郎たちが、『石黒』の脱税を国税局に通報したその仕返しに。

そうなったら、せっかくの『鶴の湯』のオープンにケチをつけることになる。

周一郎はそのへんの状況を話し、

「すみません、私が無免許であることを隠していたのがいけなかったんです。ただ、せっかくのマッサージルームを無駄にはしたくない。桃花も一生懸命にやってくれている……私の代わりに早急に誰かふさわしいマッサージ師を見つけます。ご迷惑をおかけしました」

と、頭をさげた。

そしてオープンの二日前に、周一郎はかつて自分の店で働いていた信頼できるマッサージ師の稲木《いなぎ》に、ここで働くことの承諾をとりつけ、みんなに紹介した。

稲木は三十三歳でまあまあのイケメン。性格もいいし腕も確かだから、おそらく女性には受けるだろう。性感マッサージの件もそれとなく伝えて了承を取ってある。

桃花に真っ先に紹介したところ、桃花はぽーっと頬を染めていた。彼はまだ独身だから、もしかしたら桃花といい仲になるかもしれない。できれば、結婚してこの土地に居ついてほしい。

そして、翌日に『鶴の湯』のリニューアル・オープンを控えたその日の夜、周一郎は美佳と一緒に新装なった『鶴の湯』の設備を見てまわっていた。

現在は銭湯もフロント形式の受付が多くなったが、伝統を重んじるために番台形式のままだ。脱衣所の一角には休憩室とともに立派なマッサージルームが設けられ、遠赤外線サウナもある。坪庭の池であったところは露天風呂に変わっていた。

そして、浴場の浴槽も三つに分けられて、新たにジェットバスと電気風呂が設けられていた。

これだけ新しい設備が増えれば、入浴客もゆっくりと寛《くつろ》ぎの時間を持てるのではないかと思った。浴場の壁に新たに描かれた富士山のペンキ絵を二人で眺めていると、

「行かないでください」

突然、美佳が涙目で訴えてきた。

「たとえ、マッサージが無理だとしても、従業員のひとりとしてここで働いてください。お願いします」

美佳が深々と頭をさげる。

「そう言ってもらえるのはうれしいよ。でも、罪を犯した人を周囲は決してよくは思

わないさ。それに、新しい従業員を募集して、ひとり採用したんだろ。私がいても、邪魔になるだけだよ。マッサージ師以外で私を雇うなんて余裕は、今の『鶴の湯』にはないさ。それに、私は美佳を騙していたんだ。だから……」

「犯罪といっても、人をあやめたわけではないでしょ？　わたしは周一郎さんのことをよく知っています。あなたが素晴らしい人であることはわかっています。お願い、残ってください」

美佳が真っ直ぐに、周一郎を見つめてくる。

心が揺らいだ。自分だって、美佳とずっとここにいたい。その気持ちを押し隠して言った。

「いや、もう、私なんかに関わらないほうがいい」

「いやよ、いや……どうしてそんなこと言うの？」

つぶらな瞳を涙で濡らして訴える美佳に、周一郎は言葉に詰まった。

「プライドが傷ついたの？　わたしはそんなこと何とも思っていません。ずっと、美佳と一緒にいるって、美佳の力になりたいっておっしゃったでしょ。あれはウソだったんですか？」

「ウソじゃない。それだけは信じてくれ」

「だったら、どうして？　行ってはいや。美佳をひとりにしないで」

美佳が胸のなかに飛び込んできた。

「いや、いや……行ってはいや」

駄々をこねるように、周一郎にすがりついてくる。

「美佳のことは大好きだ。美佳を救いたかったから、『石黒』の件も頑張った。だけど、『鶴の湯』も軌道に乗った。もう、私なんか必要ないさ」

「必要です。わたしには周一郎さんが必要よ。置いていかれたら、わたし、どうしたらいいかわからない」

だが、自分がここに残ることで、『鶴の湯』の復活をさまたげたくなかった。心を鬼にして言った。

「きみは若く、きれいで、性格もいい……きっと、きみにふさわしい男が現れるよ。いや、今だっているじゃないか、広田さんが」

すると、美佳がエッという顔をした。

「広田さんは美佳を愛しているんだろ？　美佳だって、以前に広田さんが好きだって言っていた。だから……」

「それ以上は言わないで。わたしは周一郎さんが好き。大好き」

「……無理だよ。わかってくれ。私が残ったら、きっとまた『石黒』はいやがらせをしてくる。『鶴の湯』の復活を邪魔したくないんだ……明日、『鶴の湯』のオープンを見届けたら、ここを出るよ」

思いを断ち切るためにも、きっぱりと言った。

　すると、美佳は自分から離れた。周一郎を見据えるようにして、ブラウスのボタンに手をかけ、ひとつ、またひとつと外していく。

ブラウスを肩から脱いで、スカートのホックを外し、タイル張りの床に落とした。

スレンダーな裸身にまといついた純白の下着に目を奪われている間にも、美佳は背中に手をまわしてホックを外し、ブラジャーを肩から抜き取った。それから、白いパンティに手をかけておろしていく。

「おい……ダメだよ」

「ううん、ダメじゃない。周一郎さんを繋ぎ止めるためには、何でもできるわ」

周一郎を見据えたまま言って、美佳は裸身を隠そうともせずに近づいてくる。

新装なった浴場で見る美佳の裸身は強烈だった。形のいい乳房のふくらみ。くびれたウエストからヒップへとつづく女らしい肢体と淡い恥毛……。

見とれているうちにも、美佳は周一郎の首に両手をかけて、顔面にちゅっ、ちゅっとキスの雨を降らせる。

思ってもみなかった美佳の情熱的な行為に、周一郎は圧倒された。

美佳はただ清純なだけの女ではなかった。一途なのだ。思い込んだらまっしぐらなのだ。そうでなければ、浴場で裸になって抱きついたりしないだろう。

「あなたが好きです。あなたがここを出るというのなら、わたしもついていきます」

きっぱりと言って、周一郎を真っ直ぐに見つめる。

心臓を射抜かれたようだった。

美佳は周一郎のシャツをまくりあげ、あらわになった胸板にキスをする。

乳首に唇を押しつけられ、かるく吸われると、電気に似た快感が体を走り抜けていく。

しばらく乳首を愛玩していた美佳の顔が、ゆっくりとおりていった。

ズボンがさげられ、トランクスもおろされる。

転げ出た分身は、意志とは裏腹にあさましくいきりたっていて、自分がいかにこの女を欲しているかを思い知らされた。

やがて、分身が温かい口に包まれると決意も揺らぎ、富士山のペンキ絵を見ながら、周一郎は蕩けるような快感に身を任せていった。

＊

まだ夜が明けきらない午前五時、周一郎は転がしていたキャリーバッグとともに歩みを止めて、今抜け出してきたばかりの『鶴の湯』に視線をやる。

灰色の高い煙突が、まだ薄暗い空に向かってそそりたっている。

この数カ月の出来事が一瞬脳裏をよぎり、そして、脳裏のスクリーンいっぱいに美佳の顔が浮かぶ。

まだみんなが寝静まっている頃、周一郎は意を決して、鶴本家を出た。

リニューアル・オープンした『鶴の湯』を見届けてから、さようならをしたかったのだが、仕方がない。

これ以上美佳と一緒にいたら、別れられなくなる。

それに、美佳はほんとうに周一郎についてくるかもしれない。それは避けたかった。

美佳がいなくなったら、『鶴の湯』は立ち行かなくなるだろう。

これほど女を愛したことはなかった。できれば、ずっと美佳の傍《そば》についていてやりたかった。だが、自分がいては『鶴の湯』はまた騒動に巻き込まれる。

生木を裂かれるような別れとは、こういうことを指すのだということが実感としてわかった。今も、周一郎の心と体は引き裂かれて、血を流している。

戻りたい気持ちをぐっとこらえて、周一郎は駅へとつづく道をたどりはじめる。

K市を出て、ひとまず東京に帰ろうかと考えていた。

みんなには言ってなかったが、先日、結婚して家を出ていた娘から、周一郎の家で一緒に住みたいという旨の電話をケータイに受けていた。

娘夫婦との同居など、上手くいくはずがないと思うが、試してみる価値はあるかもしれない。

そう思うのは、たぶん、鶴本家で家族愛の大切さを痛感したからだ。

どうなるか危ういものだが、しばらくは娘夫婦と暮らすのも悪くはないだろう。

駅前の大通りに出て振り返ると、さっきより『鶴の湯』の煙突が小さく見えた。

(美佳、幸せになってくれ。そうでしか、私は救われない)

周一郎は思いを振り切るように前を向き、始発電車が停まっているローカル駅に向かって早足で歩いていく。

前を見ると、明るくなった山際に橙色の朝日が顔を出し、空の底が燃え立つような茜色に染まっていた。


(了)

※本書は二〇一一年七月に刊行された竹書房ラブロマン文庫『しっぽり濡れ肌―湯屋の美女―』の新装版です。

＊本作品はフィクションです。作品内に登場する人名、地名、団体名等は実在のものとは関係ありません。

長編小説

しっぽり濡《ぬ》れ肌《はだ》 湯屋《ゆや》の美女《びじょ》 <新装版>

霧原《きりはら》一輝《かずき》

2019年6月3日　初版第一刷発行

ブックデザイン……………………… 橋元浩明(sowhat.Inc.)

発行人…………………………………………… 後藤明信

発行所…………………………………… 株式会社竹書房

〒102-0072　東京都千代田区飯田橋2－7－3

電話　03-3264-1576（代表）

03-3234-6301（編集）

http://www.takeshobo.co.jp

印刷・製本………………………… 凸版印刷株式会社

ISBN978-4-8019-1876-4　C0193